Heiss · Der 1. Fall für Nicole

Der 1. Fall für Nicole

Die gestohlenen Leopardenfelle

Eine Kriminalgeschichte
von Lisa Heiss

kibu

5750 Menden 1/Sauerland
Umschlagbild von Kajo Bierl
Illustrationen Walter Rieck

Printed in Germany
ISBN 3 88101 559 0

INHALT

Kriminalassistentin Nicole Angelot erhält einen Auftrag

Aufmerksam steuerte Nicole Angelot ihren Wagen durch den morgendlichen Berufsverkehr von Paris. Sie besaß die dunkelblaue Renault Dauphine noch nicht sehr lange, aber sie konnte es sich kaum noch vorstellen, wie sie ohne ihr Fahrzeug auskommen sollte. Natürlich stand ihr, wenn nötig, auch einer der Dienstwagen ihrer Behörde zur Verfügung. Wurde aber einer wirklich dringend gebraucht, so war gewöhnlich keiner da. Mit ihrer Dauphine war sie jetzt unabhängig.

Nicole fuhr sehr sicher. Sie hatte genügend Fahrstunden genommen und war obendrein einige Male auf dem Verkehrsübungsplatz gefahren, trotzdem gab sie noch besonders acht. Vielleicht kam das daher, daß ihre Mutter jeden Morgen sagte: „Du bist noch Anfängerin! Paß auf, daß du keinen anfährst!"

„Ach, diese Mütter!" seufzte Nicole oft insgeheim. „Sie behandeln einen das halbe Leben lang noch als Kind, auch wenn man längst erwachsen ist." Nicole hatte es da besonders schwer, weil ihre Mutter kein Verständnis für den von ihr gewählten Beruf aufbrachte. Er war nun freilich auch nicht gerade alltäglich für ein Mädchen, aber sie liebte ihn.

Ihr Onkel Jules war Kriminalrat. Er hatte es fertiggebracht, sie für seine Arbeit zu interessieren. Weil er ihr den allzufrüh verstorbenen Vater ersetzen mußte, aber nicht wußte, wie man mit einem Mädchen umgeht, hatte er sie behandelt, als ob sie ein Junge wäre. Nicole hatte sich für das, was er erzählte, immer brennend interessiert. „Wäre ich doch nur ein Junge", hatte sie dann zu ihm gesagt, „ich würde dein Assistent werden." Und er hatte erwidert, das könne sie als Mädchen auch. Später, als sie sich für ein Studium entscheiden sollte, war ihr die Wahl nicht schwergefallen. Sie wollte Kriminalbeamtin werden.

Onkel Jules hatte sich darüber gefreut, sehr viel weniger jedoch seine Schwägerin. Frau Angelot meinte, das sei eine ausgefallene Idee, die er ihrer Tochter hätte ausreden sollen. Weshalb konnte Nicole denn nicht Lehrerin werden oder Ärztin oder sich sonst irgendeinen Beruf aussuchen, der dem Wesen der Frau mehr entsprach?

Nicole hatte ihren Kopf durchgesetzt. Nach einigen Semestern Psychologiestudium hatte sie in allen Abteilungen des Präsidiums hospitiert – in Fahndung, Nachrichtenwesen, Spurensicherung, der Funkstreifenzentrale, dem Sitten- und dem Morddezernat. Zuletzt war sie wieder in der Auswertung gelandet, wo es ihr besonders gut gefallen hatte, und nach zwei weiteren Jahren war sie als Assistentin angestellt worden. Die Arbeit im Erkennungsdienst wurde ihr von Tag zu Tag lieber. Sie mied nach Möglichkeit ausgefahrene Gleise und tat mit Vorliebe das, was andere nicht taten. Im Erkennungsdienst kam es in erster Linie auf die Fähigkeit an, logisch zu denken. Ihre Aufgabe war, das, was die Kriminaltechniker in chemischen oder physikalischen Untersuchungen feststellten, auszuwerten und es in Beziehung zu setzen zu der Tat, die aufgeklärt werden sollte. Man mußte überlegen, kombinieren und dann stichhaltige Beweise erbringen können, und das machte ihr Freude. Hier erkannte sie, wie wichtig eine gründliche Spurensicherung ist, wie sehr es dabei auf jede Kleinigkeit ankommt. Onkel Jules wußte genau, weshalb man Nicole so lange in dieser Abteilung beließ. Immer wieder wurden neue technische Hilfsmittel eingesetzt, aber man brauchte einen scharfen Verstand und viel Erfahrung, um sich ihrer bedienen zu können.

Da war zum Beispiel das elektronische Lochkartensystem, durch das man Personen, die mit der Polizei bereits einmal zu tun gehabt hatten, schneller und müheloser in der Kartei finden konnte als bisher. War alles richtig eingeordnet, genügte der Druck auf einen Knopf und man erhielt in wenigen Sekunden, was man suchte. Früher hatte man die Kartei stundenlang mit der Hand durchsuchen müssen.

Nicole half beim Einrichten dieser Anlage, die noch lange nicht vollständig war. Ihre Liebhaberei, das Sammeln von Zeitungsausschnitten über Tagesereignisse jeglicher Art, vor allem über gesellschaftliche Veranstaltungen und die dabei Anwesenden, erschien ihr durchaus nicht unwichtig. Sie wurde dadurch mit den Verhältnissen mancher Familien vertraut, auch mit solchen, die man gern verheimlicht hätte. Manchmal erkundigte sich Onkel Jules: „Hast du etwas über Frau X oder Herrn Y? Sieh doch mal nach, wo sich der junge

Soundso zur Zeit befindet!“ War irgendein Ereignis in der Presse erwähnt, bei dem Namen genannt wurden, so schnitt Nicole den Artikel aus und ordnete ihn ein. Mehrere Regale in ihrem Zimmer waren voll von Ordnern. Oft klagte ihre Mutter: „Wenn andere Mädchen tanzen gehen und sich nach jungen Männern umsehen, die für eine Heirat in Frage kommen, sitzt du mit Zeitungen und Kleistertopf zu Hause.“

Das stimmte aber nicht ganz. Nicole tanzte sehr gern, wenn sich Gelegenheit dazu bot. Bisweilen nahm sie sogar in beruflicher Eigenschaft an Gesellschaften teil, und zwar dann, wenn ihre männlichen Kollegen fehl am Platz gewesen wären. Ihnen sah man gewöhnlich schon von weitem an, daß sie Kriminalbeamte waren, während Nicole Spaß daran hatte, inmitten all der fröhlichen Menschen scharf zu beobachten, ohne aufzufallen.

Fuhr ihr da nicht so ein Verkehrsrüpel vor den Kühler? Der Fahrer hatte sich in die kleine Lücke gezwängt, die sie zwischen sich und dem Wagen vor ihr gelassen hatte. Blitzschnell hatte sie reagiert und auf die Bremse getreten.

An dieser gefährlichen Kreuzung regelte ein Flic, ein Polizist, den Verkehr. Durch ihre Tätigkeit bei der Funkstreife wußte sie, wie schwer der Dienst eines Verkehrspolizisten ist. Der hier vollführte mit seinem weißen Stab die reinsten Jongleurkunststücke; nichts entging seinem wachsamen Blick. Er hatte gesehen, wie schnell sie reagiert und dadurch einen Auffahrunfall vermieden hatte. Als er den Verkehr freigab, lächelte er ihr zu, denn natürlich hatte er auch bemerkt, wie hübsch sie war. Blond und jung und sehr charmant, das konnte einem Pariser Flic schon ein Lächeln entlocken.

Im Präsidium nannten die Kollegen sie „Fräulein Ange". Mit ihrem goldblonden Haar und den dunkelblauen Augen sah sie auch weit mehr einem Engel ähnlich als einer Kriminalassistentin. Bei aller Zierlichkeit war sie jedoch sehr kräftig. Das hatte Inspektor Labin zu spüren bekommen, als sie ihn kürzlich mit einem Schwung aufs Kreuz legte. Man hatte über dies und jenes gesprochen, und Labin war der Meinung gewesen, eine Frau solle nur im Büro arbeiten, aber keinen Außendienst tun; sie könne dabei in Situationen geraten, denen sie nicht gewachsen sein würde. Wie wolle sie sich zum Beispiel gegen einen tätlichen Angriff wehren, mit dem ein Kriminalbeamter ja immer rechnen müsse.

„Man muß eben Judo lernen!"

„Eine Frau und Judo", hatte Labin erwidert. Nach einem weiteren Hin und Her hatten sie gewettet, ob Nicole Labin oder einen der anderen Inspektoren zu Fall bringen könne oder nicht. Daß sie mehrere Judokurse absolviert hatte und noch immer fleißig trainierte, erwähnte sie freilich nicht, auch nicht, daß sie sich durch Schwimmen und Frühsport in Form hielt.

Ehe es sich Inspektor Labin recht versehen hatte, war er auch schon aufs Kreuz gelegt. Die Niederlage hatte ihn sehr geärgert, weit mehr noch das Gelächter der anderen Inspektoren. Aber Nicole hatte es fertiggebracht, ihn rasch zu versöhnen, indem sie ihm einige neue Griffe zeigte und mit ihm übte. Wenn irgendwer den griesgrämigen Labin seither um den Finger wickeln konnte, so war es Nicole Angelot.

Jetzt fuhr sie mit erhöhter Aufmerksamkeit weiter. Der Verkehr staute sich morgens und abends so sehr, daß man tatsächlich mit der Metro schneller ans Ziel gelangt wäre. Da Nicole sich aber die kleine Dauphine nun einmal zusammengespart hatte und sie oft genug im Dienst gebrauchen konnte, wollte sie sie auch benützen. Sie bog in den Hof des Präsidiums ein, parkte neben den schwarzen kleinen Dienstwagen, die hier nebeneinander standen, und stieg die Treppen hinauf. Überall auf den Fluren und in den Wartezimmern herrschte reger Betrieb. Alle, die im Laufe der Nacht aufgegriffen worden waren, standen oder saßen hier herum; ebenso auch die Zeugen, die eine Aussage zu machen hatten.

Nicole hängte ihre Jacke in den Schrank und ging daran, Akten für die neue Lochkartenmaschine auszusuchen. Von straffällig gewordenen Personen galt es, Gewohnheiten, Arbeitsweise, Personenbeschreibung und Alter zusammenzustellen, die dann verschlüsselt in die Karten gestanzt wurden. Besonders gewisse Eigentümlichkeiten der Arbeitsweise eines Täters waren wichtig. Dadurch, daß man sie kannte, war schon oft eine Spur gefunden worden, selbst wenn sich sonst keine Anhaltspunkte ergeben hatten. Was diese Maschine zuwege

brachte, war schon ein kleines Wunder. Voraussetzung aber war, daß die Kennzeichen krimineller Personen auch richtig registriert wurden. Da hatte Nicole zum Beispiel diesen Jean Leclerc, der sich auch Pierre nannte; einmal hatte er schwarze, dann wieder rote Haare, und mit Vorliebe trug er graue Wildlederhandschuhe. Er brach meistens zwischen 2 und 3 Uhr nachts ein. Lucy Blanc wiederum hatte, abgesehen von der wechselnden

Haarfarbe, ihr typisches Muttermal am Hals von einem Schönheitschirurgen entfernen lassen. Darauf mußte geachtet werden. Ihre Spezialität waren Betrügereien, ihre Opfer alleinstehende Frauen. So mußten die Karten immer wieder ergänzt werden. Diese Arbeit machte Nicole Freude. Sobald die umfangreiche Kartei einigermaßen überschaubar war, würde die Suche nach gewissen Typen leichter sein. Nicole hatte mit einigen anderen Beamten der Fahndungsabteilung die Aufgabe, die Maschine mit den richtigen Daten zu füttern.

„Wie sollen wir die Gesamterscheinung dieser beiden einordnen?" fragte Nicole. Ehe Inspektor Labin antworten konnte, klingelte das Telephon. Labin meldete sich. „Ja, ich arbeite gerade mit Fräulein Angelot an der Verschlüsselung der Kartei. Sofort, Chef!" Der Inspektor legte auf. „Ich soll zum Chef kommen", sagte er zu Nicole. „Daß man auch nie ungestört bei einer Arbeit bleiben kann! Machen Sie inzwischen weiter, Fräulein Angelot!"

„Oho, so förmlich, Inspektor?" fragte Nicole. Für gewöhnlich nannte er sie einfach Ange.

Labin knurrte vor sich hin. Heute war er schlechter Laune und wußte nicht so recht, warum. Vermutlich machte ihm das Wetter zu schaffen.

Kriminalrat Angelot saß hinter seinem Schreibtisch, eingehüllt in eine Wolke von Zigarrenrauch. „Bitte, nehmen Sie Platz!" sagte er. Also würde die Sache vermutlich länger dauern. Labin sah auf die Uhr. Das war eine Angewohnheit von ihm. Als junger Assistent hatte er nämlich einmal einen Rüffel erhalten, weil er die genaue Tatzeit nicht angeben konnte, seitdem sah er stets auf die Uhr, wenn sich etwas vorzubereiten schien. Besprechung um zehn Uhr fünfunddreißig, notierte er.

Der Chef legte die Zigarre auf den Rand des Aschenbechers und schlug die vor ihm liegende Akte auf. „Sie haben seinerzeit die Ermittlungen wegen des Felldiebstahls geführt, Inspektor“, begann er.

„Ja, leider ohne Erfolg!“ erwiderte Labin ziemlich verdrossen. „Dieser Einbruch war äußerst raffiniert durchgeführt worden, und die Diebe hatten weder Fingerabdrücke noch andere Spuren hinterlassen.“

„Einmal werden auch die einen Fehler machen“, sagte Kriminalrat Angelot. „Vielleicht haben sie es schon getan. Interpol erhielt heute eine Meldung aus Deutschland: In Frankfurt am Main ist genau wie damals hier das gesamte Lager einer Fellgroßhandlung ausgeräumt worden, darunter wertvolle Nerze und Persianer. Die Methode scheint die gleiche zu sein, und es ist anzunehmen, daß es sich um eine größere organisierte Bande handelt. Wir müssen die Nachforschungen wiederaufnehmen. Bestimmen Sie ein paar geeignete Leute und fangen Sie an.“

„Da würde ich Fräulein Angelot vorschlagen“, sagte Labin.

„Gut, rufen Sie sie her!“

Nicole eilte über die Gänge. Irgend etwas mußte schon los sein, wenn nun auch noch sie zum Chef geholt wurde.

„Sehen Sie alle Vorgänge ganz genau durch. Sehen Sie sich in der Gesellschaft um, vielleicht taucht das eine oder andere Stück doch irgendwo auf." Während des Dienstes redete der Kriminalrat Nicole nur mit „Fräulein Angelot" an, erst nach Dienstschluß wurde sie „Nicole" für ihn und er „Onkel Jules".

„Es handelt sich doch um Rohfelle", sagte Nicole.

„Ja, gewiß! Aber die werden ja schließlich verarbeitet; Sie müssen daher die Kürschnereien, den Zwischenhandel, die Pelzgeschäfte und letztlich deren Kundenkreis überprüfen. Wir werden aus Frankfurt eine genaue Beschreibung der gestohlenen Rauchwaren erhalten." Mit diesen Worten übergab er Inspektor Labin das Aktenmaterial.

„Übrigens", setzte er hinzu, „die wertvollsten Stücke des Pariser Einbruchs sind Leopardenfelle, die müßten Ihnen eigentlich auffallen. Glücklicherwise liegen uns eine genaue Beschreibung der Zeichnung sowie auch einige Haare vor.

„Ich vermute, daß sie ihre Beute nach Amerika verschoben haben", meinte Inspektor Labin. Nicole war gleicher Ansicht. Wer sich so einen Pelz leisten kann, der kauft ihn in einem Fachgeschäft; das führt aber keine gestohlenen Waren.

„Wüßten wir es sicher – wäre es eine Reise nach drüben schon wert", sagte der Kriminalrat. Man konnte natürlich die Hilfe von Interpol in Anspruch nehmen, aber manchmal zahlte es sich doch aus, wenn man selbst Nachforschungen anstellte.

Nicole war schon einige Male ins Ausland gereist und hatte mit ihren Ermittlungen, von einer einzigen Sache abgesehen, stets Erfolg gehabt.

„Alles weitere besprechen wir morgen!“ Damit entließ sie der Chef.

„Sie können die Akten zuerst haben“, sagte Inspektor Labin. Er selbst kannte den Vorgang nur zu gut. Nirgendwo bot sich ein fester Anhaltspunkt.

Nicole nahm die Akten an sich und studierte sie sorgfältig. Labin hatte damals den Diebstahl in der Großhandlung Bertelot mit großer Sorgfalt untersucht und eine Menge Material gesammelt. Das Lager der Gebrüder Bertelot war in der Nacht von Sonntag auf Montag fast vollständig ausgeraubt worden; die Einbrecher hatten nur minderwertige Felle zurückgelassen. Hieraus konnte man schließen, daß Fachleute am Werk gewesen waren. Über ein Nachbargrundstück waren sie in den Hof gelangt, hatten die Hintertür erbrochen, die Beute in den dort abgestellten Lastwagen der Firma gepackt und waren, nachdem sie das Hoftor aus den Angeln gehoben hatten, unbehelligt fortgefahren. Der Einbruch hatte genau zwischen zwei Kontrollgängen des Wächters stattgefunden. Man mußte also die Gelegenheit sorgsam ausbaldowert haben, oder es waren Angestellte der Firma mit im Spiel gewesen. Die Untersuchung hatte allerdings in dieser Richtung nichts ergeben. Jeder Betriebsangehörige hatte ein Alibi gehabt.

Tags darauf war der leere Wagen auf einer Landstraße, vierzig Kilometer außerhalb von Paris, gefunden worden. Hier hatte die Bande vermutlich auf ein anderes Fahrzeug umgeladen.

Die Beamten von der Spurensicherung hatten sogleich das Innere des Wagens mit einem Spezialstaubsauger abgesaugt, die Fellhaare gesammelt und sortiert. Fingerabdrücke, die man im Führerhaus gefunden hatte, erwiesen sich als wertlos. Sie stammten vom Fahrer der Firma, der für diese Nacht ein unanfechtbares Alibi besaß, weil er im Krankenhaus gelegen hatte. Vermutlich hatten die Einbrecher Gummihandschuhe getragen. Ein ausgerissenes, abgebranntes Streichholz war auf dem Trittbrett gefunden worden. Es stammte von dem Streichholzbüchlein einer bekannten Firma, wie es zu Tausenden im Handel ist. Natürlich hatte auch hier jeder Fingerabdruck gefehlt.

So weit war Nicole bei der Durchsicht der Akte gekommen. Es erschien ihr ziemlich aussichtslos, nach den Fellen zu fahnden, die mittlerweile wahrscheinlich schon verarbeitet worden waren. Überdies würde es Monate dauern, alle pelzverarbeitenden Betriebe in Frankreich zu kontrollieren. Da schien ihr die Suche nach den Leopardenfellen doch noch mehr Erfolg zu versprechen, denn sie waren, so hatte Herr Bertelot ausgesagt, noch nicht veredelt, also im Rohzustand gewesen.

„Die Akten geben nicht viel her! Was würden Sie vorschlagen, Herr Inspektor?“ fragte Nicole.

„Noch einmal ganz von vorne beginnen!“

„Und die Vermutung, daß die Felle ins Ausland gebracht wurden? Man hat zwar den Lastwagen auf der Landstraße nach Boulogne gefunden – aber . . .“

„Möglich ist alles! Man versucht, heiße Ware schnell aus dem Land zu schaffen. Nur ist’s mit Fellen nicht so einfach wie etwa mit Juwelen.“

Inspektor Labin ging zum Fernschreiber und wies die

Zollbehörden von Boulogne und anderen Häfen an, sämtliche Frachten strengstens zu kontrollieren. Eine Beschreibung mußte an alle Veredelungsbetriebe gegeben werden. Nicole stellte eine Liste der Kürschnereien in Paris zusammen. Sie und der Inspektor würden diese Firmen unauffällig überwachen lassen, obwohl sie nicht glaubte, daß die Felle hier in Paris verarbeitet worden seien. Sobald die Wintermodeschauen begannen, würde sie natürlich auch diese besuchen. Vielleicht tauchte von dem Diebesgut doch hier und da etwas auf. Aber sie setzte ihre Hoffnung vor allem auf die Leopardenfelle. Es wurden seit dem Verbot, Leoparden zu erlegen, nicht mehr viel Felle verarbeitet. Zudem die Damen durch den Aufruf der Wild Life Foundation keine Leopardenmäntel mehr tragen wollten.

Es ging Nicole so wie immer, wenn ihr eine besondere Aufgabe gestellt worden war; sie wurde von einer Art Jagdfieber ergriffen. Sie mußte die Felle finden, mochte es noch so lange dauern und noch so viel Mühe kosten.

„Ich gehe zu Bertelot", sagte sie.

Maurice Bertelot empfing sie sofort. Er hatte bereits alle Hoffnung aufgegeben und war erfreut, als Nicole ihm sagte, daß man durch den Einbruch in Frankfurt vielleicht einer internationalen Bande auf die Spur kommen werde. Natürlich war die Firma Bertelot versichert gewesen, aber nicht hoch genug, so daß ihr ein empfindlicher Verlust entstanden war.

„Würden Sie mir die Leopardenfelle nochmals genau

beschreiben?“ bat Nicole. „In den Akten steht, daß sie aus Somali stammten.“

„Ja, das ist wahr, und sie dürfen nicht mehr gejagt werden, deshalb sind sie so wertvoll. Die Zeichnung der mir gestohlenen Felle war gleichmäßig blauschwarz, das Gold schimmerte nur ganz wenig durch.“

„Sie waren gewiß sehr kostbar?“

„An die dreißigtausend pro Stück“, sagte Bertelot.

Nicole staunte. „Wie viele Frauen können sich solch einen Mantel leisten?“ fragte sie.

„Nicht gerade viele“, erwiderte Herr Bertelot. „Die Kaiserin von Persien und die Königin von England, ebenso auch die Königin von Belgien. Nun, es ist eben ein königlicher Pelz. Schon die Pharaonen bevorzugten Leopardenfelle. Schauen Sie sich dieses Bild mal an!“ Bertelot zeigte ihr eine Farbphotographie der Kaiserin von Persien. Man sah genau die schöne gleichmäßige Zeichnung und die Goldtöne der Felle.

„Es ist gut, daß man die Tiere jetzt durch ein Gesetz geschützt hat. Diese Felle hatte ich jedoch schon einige Zeit, und ich könnte es mir nicht leisten, sie nicht zu verwerten.“

„Dann sind sie gar nicht so leicht zu verkaufen“, stellte Nicole fest.

„Es ist schwierig. Sehen Sie, eine anständige Firma kauft so wenig bei einem Hehler, wie eine Dame, die sich einen so kostbaren Mantel leisten kann, ihn unter der Hand kaufen würde. Wir kaufen auf der Auktion oder bei einem Kommissionär und verkaufen nach der

Veredelung an die Kürschnereien. Meiner Meinung nach sind die Felle entweder nach New York oder nach London gebracht worden, weil dort die großen Auktionen stattfinden. Wenn der Frankfurter Diebstahl mit dem bei mir verübten zusammenhängt, so wird die Beute vielleicht bei ein und demselben Hehler untergebracht, der sie gelegentlich irgendwohin verschiebt." Herr Bertelot fuhr sich über die Stirn. Wenn er mit der Zeit auch über fast alles hinwegkommen würde, den Verlust der Somalileopardenfelle verschmerzte er nicht.

„Vielen Dank für Ihren Hinweis. Ich hoffe, daß unsere Bemühungen Erfolg haben werden!" Damit verabschiedete Nicole sich. Herr Bertelot sah ihr ein wenig zweifelnd nach. Wenn schon Inspektor Labin nichts herausgefunden hatte, wie sollte man von dieser jungen Assistentin etwas erwarten können.

Ins Präsidium zurückgekehrt, erstattete Nicole Bericht.

„Bertelot meint, die Felle könnten möglicherweise nach Amerika oder England verschoben worden sein?" fragte Labin. In letzter Zeit waren zwei Ladungen Rohfelle nach London gegangen, hatte die Zollbehörde gemeldet. Beide Frachten hatten angesehenen Firmen gehört, die als Hehler wohl kaum in Betracht kamen. Einer der Inspektoren war gerade dabei, die Lager und die Einkaufsbücher dieser Firmen zu prüfen.

Labin begriff nicht, wie jemand 30 000 Francs für Katzenfelle ausgeben konnte. Denn Katzen waren die Leoparden ja doch – nichts anderes als große Katzen;

und den Unterschied zwischen asiatischen und afrikanischen Leoparden bewertete er nicht sonderlich hoch. Ein Glück, daß das Laboratorium in der Lage war, die Art des Tieres nach den Haaren zu bestimmen. Man hatte eine Menge verschiedener Haare sichergestellt. Es war zwar eine Sisyphusarbeit gewesen, aber man hatte sich doch der Mühe unterzogen und jedes einzelne Haar, das der Spezialstaubsauger aus dem Lastwagen gesogen hatte, sorgfältig bestimmt.

„Meiner Ansicht nach sind die Felle noch nicht in Übersee", sagte Kriminalrat Angelot. „Man könnte sie aber bei Nacht und Nebel über die Grenze geschafft haben, vielleicht nach Belgien."

„Ich glaube eher, man hat sie nach London oder New York verschifft und wird versuchen, sie von dort als legale Ware anzubieten", meinte Nicole nachdenklich.

„Als ob das so leicht wäre!" brummte Labin. „Wenn Sie so fest davon überzeugt sind, warum fahren Sie da nicht nach London? Frage mich nur, was Sie dort erreichen wollen." Wenn Labin ärgerlich war, nuschelte er sehr. Und er war ärgerlich. Was brauchte sie in der Welt herumzufahren. Sie sollte lieber die Kartei vervollständigen, dazu brauchte man kriminalistisches Fingerspitzengefühl, und das hatte sie. Ihm selbst war der Computer immer noch ein wenig unheimlich. Er bezweifelte, ob das auch stimmte, was er hervorbrachte. Viel lieber hätte er wie früher die Kartei selbst aussortiert, doch mußte er zugeben, daß ihm dies mit gleicher Geschwindigkeit nicht möglich sei.

„Irgendwo muß ein Loch sein“, sagte Nicole. Verwirrt, weil er in seine eigenen Gedanken vertieft gewesen war, fragte der Inspektor: „Wo?“

„Ja, wenn wir das wüßten, dann wäre die Sache einfach. Sicher ist, daß es eine Verwertungsmöglichkeit für die Felle geben muß, sonst würden sich die Rohfelldiebstähle nicht so häufen.“

„Das hat etwas für sich“, gab Angelot zu. „London ist der bedeutendste Markt für die aus Kanada und Afrika importierten Rohfelle. Also gut: Fliegen Sie nach London!“

Nicole hätte ihren Onkel am liebsten umarmt, aber im Dienst war das nicht angebracht. Sie erwiderte deshalb nur: „Ich werde mein Bestes tun. Zum Glück habe ich gute Bekannte drüben, die mir nützlich sein können.“

Nach dieser Unterredung war sie nicht mehr so recht bei der Sache. Als sie probeweise einen wegen Raubes Gesuchten mit Hilfe des Computers zu ermitteln versuchte, gab dieser zwar eine Handvoll Karten heraus, aber der Richtige war doch nicht dabei, weil sie ein wichtiges Merkmal übersehen hatte. Der Versuch gelang erst beim zweiten Male, nachdem der Fehler berichtigt worden war. Immer wieder ertappte sie sich dabei, daß sie mit ihren Gedanken bereits in London war. Heute abend noch würde sie Reginald Warren anrufen. Sie hatten zwei Jahre gemeinsam an der Sorbonne studiert und manchen Spaß miteinander gehabt. Reginald, „Reggie“ genannt, war der zweite Sohn eines Lords und, wie er behauptete, fast zum waschechten Pariser geworden. Ab und zu schrieben sie sich noch. Nicole wollte ihn jetzt bitten, ihr ein wenig die Wege zu ebnen. Niemand konnte dies besser tun als er.

„Hallo, Reggie", rief sie in die Muschel des Telephons, als die Verbindung hergestellt war.

„Hallo, hallo, Ange! Wie geht's dir, Nicole?"

„Bestens! Du, ich komme morgen nach London. Holst du mich ab?"

„Na, selbstverständlich! Wann kommst du an?"

„Gegen zwanzig Uhr. Ich fliege neunzehn Uhr zehn in Paris ab. Flugnummer AF 826. Erkundige dich bei der Fluggesellschaft nach der genauen Landezeit."

„Wird gemacht, Ange. Werde pünktlich am Heathrow-Flugplatz sein."

„Es gibt viel zu erzählen", sagte Nicole, froh, Reginald Warren telephonisch erreicht zu haben.

„Ich freue mich sehr auf das Wiedersehen!"

„Ich auch! Also bis morgen abend, Reggie!" Nicole legte auf und pfiff vergnügt vor sich hin. Auf Reginald Warren war Verlaß. Er war der beste Kamerad, den man sich denken konnte.

„Mußt du denn immer pfeifen?" fragte ihre Mutter sie mit leisem Vorwurf in der Stimme. Schuldbewußt verstummte Nicole sogleich. „Onkel Jules hätte Gescheiteres tun können, als dir so etwas beizubringen." Nicole lachte. Sie erinnerte sich voller Vergnügen an die Wanderungen mit Onkel Jules, auf denen sie oft stundenlang zweistimmig gepfiffen hatten.

„Übrigens ... morgen fliege ich für ein paar Tage nach London.“

„Ausgerechnet jetzt! Du weißt, am Sonnabend ist das Gartenfest bei Thérèse Didier, und man rechnet mit dir.“

„Ja, ich weiß“, seufzte Nicole. „Leider ist etwas Dienstliches dazwischengekommen!“ Ihr lag überhaupt nichts an diesem Gartenfest. Sie würde Marcel Didier als Tischherrn bekommen und sich langweilen.

„Dein gräßlicher Beruf“, nörgelte Frau Angelot. „Du hättest ...“, sie unterbrach sich. Hatte es denn Zweck, immer wieder die alte Platte aufzulegen? Nicole war ja doch nicht zu überzeugen, und es gab nur Ärger.

Vor einiger Zeit hatte Nicole ihr gedroht, auszuziehen. Daraufhin hatte sie versprochen, sich nicht mehr in Nicoles Angelegenheiten einzumischen. Leider vergaß sie das immer wieder. So ein hübsches Ding sollte doch eigentlich anderes im Kopf haben, als sich mit Ganoven herumzuschlagen. Kriminalassistentin – was war denn das? Sie genierte sich geradezu, wenn sich jemand nach dem Beruf Nicoles erkundigte. Außerdem wußte sie auch nicht allzuviel darüber, Nicole erzählte ja kaum etwas. War Onkel Jules da, steckten die beiden die Köpfe zusammen und besprachen Dinge, die nicht für ihre Ohren bestimmt waren. „Interessiert dich ja doch nicht“, sagte der Schwager dann wohl. „Das versteht keiner, der die Materie nicht kennt.“

Suchte sie später von Nicole Näheres zu erfahren, so hieß es: „Dienstgeheimnis!“

Der Flug nach London

Nicole war froh, als endlich Dienstschluß war. Sie verabschiedete sich kurz von Onkel Jules und fuhr nach Hause. Das Köfferchen war rasch gepackt. Ein letztes Mal überprüfte sie den Inhalt ihrer Handtasche. Hatte sie auch nichts vergessen? Paß, Dienstausweis, Reiseschecks, englisches Kleingeld, die Kofferschlüssel und die Flugkarte. Alles war da.

„Bitte, gib mir doch das Röhrchen mit den Tabletten aus der Hausapotheke", sagte sie zu ihrer Mutter, während sie im Stehen noch hastig einen Schluck Tee trank.

„Wenn du das Fliegen nicht vertragen kannst, warum . . .?"

„Es macht mir nichts aus!" erwiderte Nicole gereizt. „Kann ich nicht auch mal Kopfschmerzen kriegen wie andere Leute?" Tatsächlich konnte sie das Fliegen nicht gut vertragen und ärgerte sich nun, weil ihre Mutter es festgestellt hatte. Sie nahm sich zwar stets zusammen, aber ohne Tabletten kam sie doch nicht aus. „Du sagst nicht, daß ich in London bin, falls dich irgendwer fragt, nicht wahr?"

„Und wo bist du?"

„Ein paar Tage auf Urlaub, irgendwo im Gebirge!" Obwohl sie den von ihrer Tochter erwählten Beruf nicht schätzte, war doch Verlaß auf Frau Angelot, sobald Nicole sie um etwas bat. Sie gab es zwar nicht zu, aber sie war doch recht stolz darauf, daß ihr Schwager so viel von seiner Nichte hielt.

Die Zeit wurde knapp. Nicole sah mit Unbehagen, daß sie den Flughafenbus nicht mehr erreichen würde; sie bat deshalb ihre Mutter, bei der Air France anzurufen und zu bestellen, sie komme bestimmt, werde sich aber wohl erst kurz vor dem Abflug registrieren lassen können. „Sprich mit Herrn Lamartin", riet sie ihrer Mutter; er wußte nämlich, daß sie im Präsidium beschäftigt war, und würde den Start der Maschine vielleicht ein wenig hinauszögern können.

Kaum hatte Nicole das Taxi verlassen und war am Flugschalter abgefertigt worden, als schon die Passagiere nach London aufgerufen wurden. Höchste Zeit also! Hoffentlich kam ihr Gepäck noch mit.

„Ah, Fräulein Angelot, da sind Sie ja!" rief Lamartin. „Ich habe angeordnet, daß man auf Sie wartet."

„Hab' es gerade noch geschafft! Aber wie steht es mit meinem Koffer?"

„Keine Sorge! Er wird mit dem Bus zur Maschine hinausgebracht. Ich erledige das!"

Während des Startes und bis das Flugzeug seine Höhe erreicht hatte, atmete Nicole tief ein und hielt die Luft so lange wie möglich an. So überwand sie am schnellsten das Gefühl der Übelkeit.

Auf dem Heathrow-Flughafen wartete Reginald Warren auf das Eintreffen der Maschine. Er war viel zu früh gekommen. Nervös ging er auf und ab, denn er haßte es zu warten.

Endlich!

Der Lautsprecher gab das Landen des Flugzeuges,

Flug AF 826, von Paris kommend, bekannt. Reginald ging zur Sperre und sah zu, wie die Maschine langsam hereinrollte.

Als die Gangway herangeschoben war und die Tür sich öffnete, trat Nicole als eine der ersten ins Freie, doch mußte sie warten, bis alle Passagiere in den kleinen Omnibus eingestiegen waren, der sie über das Rollfeld zum Flughafengebäude bringen sollte.

Wo war Reggie?

Suchend schaute sie sich um, aber sie konnte ihn nirgends entdecken. Da fuchtelte zwar irgendwer mit einem Schirm, aber konnte das Reginald Warren sein?

„Hier, Ange, hier!“ rief die komische Gestalt und hob dabei das Monstrum von Schirm in die Höhe.

„Reggie! Hast du dich verändert! Weiß der Himmel, ich hätte dich, wär' ich dir auf der Straße begegnet, nicht erkannt!“

„Das enttäuscht mich aber! Wo bleibt da dein kriminalistisch geschulter Blick, meine Liebe?“ fragte er.

Sie sah ihn an und schüttelte den Kopf. Reggie trug einen grauen Anzug, obwohl Grau ihm nicht stand, eine schwarzweißgestreifte langweilige Krawatte und auf dem Kopf eine schwarze Melone.

„Du bist der typische Engländer geworden“, sagte sie. Nichts war übrig von jenem Reggie mit Rollkragenpullover aus den Pariser Tagen, dem einstigen lustigen Studenten, der mehr Sommersprossen gehabt hatte, als man zählen konnte. Die hatte er zwar auch heute noch, aber unter der Melone wirkten sie gar nicht mehr so lustig. Nun hängte er gar den Schirm über den Arm und ging, als habe er einen Stock verschluckt, mit steifem Kreuz neben ihr her.

Wie lässig war er doch früher über den „Boul' Miche“, den Boulevard der Studenten, geschlendert.

Mit herablassender Handbewegung winkte er einen

Träger für den Koffer herbei, den er mühelos hätte selbst tragen können. Genauso herablassend rief er ein Taxi. „Mein Wagen ist in Reparatur", sagte er. „Übrigens: Du siehst großartig aus, Ange!"

„Danke", lachte Nicole. „Und du, du bist wieder der typische Engländer geworden, Reggie."

„Leider! Anfangs ist mir's nicht leichtgefallen; nach und nach hab' ich mich aber doch wieder in den langweiligen Warren zurückverwandelt, der ich vor meiner Pariser Zeit gewesen bin. Man muß mit den Wölfen heulen, verstehst du? Aber nun erzähl: Was führt dich nach London?"

„Ich will mir einen Leopardenmantel kaufen."

„Wie bitte? Er hatte sich wohl verhört. Nicole bekam zwar ein gutes Gehalt, aber sonst hatte sie kein nennenswertes Vermögen, das wußte er. Weshalb wollte sie sich da so ein teures Stück zulegen, das obendrein in Paris vermutlich viel billiger zu haben war? „Einen Leopardenmantel, sagtest du? So was trägt man heute nicht mehr!"

„Ganz recht, lieber Reggie, trotzdem sollst du mir behilflich sein!"

„Ja, aber ...", stotterte er. „Ich verstehe nichts von Pelzen."

„Das ist auch nicht nötig. Ich brauche dich nur als Leibwächter, ich erklär's dir noch. Wir essen doch zusammen, oder hast du keine Zeit?"

„Na, selbstverständlich hab' ich Zeit für dich", entgegnete er ein wenig gekränkt. Er hatte sich auf den

Austausch von beruflichen Erfahrungen gefreut, denn sicher hatte Nicole viel Interessantes erlebt. Doch nur als Staffage beim Kauf eines Pelzmantels zu dienen, hierzu verspürte er keine Lust.

Reginald hatte in einem kleineren, aber sehr gut renommierten Hotel, das zwar im Zentrum, aber in einer ruhigen Seitenstraße lag, ein Zimmer für Nicole reservieren lassen.

Während sie sich frisch machte, wartete er im Foyer. Plötzlich lächelte er. Vermutlich hatte Nicole ihm mit der Geschichte vom Leopardenmantel einen Bären aufbinden wollen. Doch was mochte sie dann wohl hergeführt haben?

Als sie sich später bei Tisch gegenübersaßen, sagte er: „Spaß beiseite, warum bist du gekommen, Ange?"

„Ich suche Felle für einen Leopardenmantel – natürlich nicht für mich!" Sie erklärte kurz, doch ohne Wichtiges auszulassen, den Fall. „Siehst du, ein solches Stück kann zu angemessenem Preis nur in einem Luxusgeschäft abgesetzt werden."

„Glaubst du etwa, einer unserer gut bekannten Kürschner würde so etwas tun?" hielt er ihr entgegen.

„Das ist's ja gerade. Irgendwo muß ein Loch in der Geschichte sein, irgendwo werden diese Felle auf gesetzlichem Wege in den Handel gebracht. Wie – das muß ich herausbekommen. Ich brauche das Ansehen deines Namens, sonst glaubt mir kein Mensch, daß ich einen so kostspieligen Mantel bezahlen kann."

„Da muß meine Kusine Clivia einspringen. Sie ist

mit Lord Brestwick verheiratet und spielt in der Gesellschaft eine große Rolle. Sie ist in allen Luxusgeschäften bekannt."

„Glaubst du, sie wäre dazu bereit?"

Reggie nickte zuversichtlich. „Es wird ihr ein Vergnügen sein, dich unter ihre Fittiche zu nehmen. Daß der Kauf nur eine Finte ist, erfährt sie vorläufig nicht."

„Ich muß dich um absolute Verschwiegenheit bitten, Reggie. Du weißt, wie schnell sich so etwas herumspricht und einem die schönsten Pläne verdirbt."

„Versteht sich von selbst. Bin ja schließlich kein Laie, wenn ich auch auf ganz anderem Gebiet arbeite."

„Was tust du eigentlich?"

„Ich beschäftige mich fast ausschließlich mit Psychotechnik, das heißt, ich betreue einige große Industriebetriebe. Manchmal arbeite ich aber auch für Scotland Yard. Kriminalpsychologie ist das Interessanteste, was du dir denken kannst. Wo du nur aufklärst, suche ich nach den Gründen." Er berichtete über seine Tätigkeit, und nun wurde aus dem scheinbar so stocklangweiligen Engländer ein begeisterter Kriminalist. Seine blauen Augen begannen zu glänzen, als er von einem Fall erzählte, an dessen Aufklärung er beteiligt gewesen war.

„Wenn du hier etwas ermitteln willst, wende dich an Oberinspektor Graham. Ich werde morgen früh mit ihm telephonieren und dich anmelden."

„Bitte, warte noch. Ich möchte nicht, daß er sich zu früh einschaltet. Vielleicht stimmt meine Theorie nicht, und dann wäre ich blamiert."

Warren lachte. Nicole war ehrgeizig. Sie wollte allein etwas erreichen. „Ich geb' dir wenigstens ein paar Zeilen für Graham mit. Du kannst ihn aufsuchen oder anrufen, sobald du's für nötig hältst. Die Telephonnummer ist Whitehall 12–12."

„Vielen Dank, Reggie!"

Mac Ghee und Komplizen

Im Berliner Flughafen Tempelhof saßen sechs Herren an einem Tisch beisammen. Auf den ersten Blick schienen es gutsituierte Geschäftsleute zu sein, die in eine lebhafte Unterhaltung vertieft waren. Nur wenn der Kellner an den Tisch trat, schwiegen sie. „Na ja", dachte der, „Geschäftsgeheimnisse." Offenbar waren sie sich noch nicht so ganz einig, denn er bemerkte dann und wann eine abwehrende Handbewegung des einen oder anderen.

„Alles klar, Harry?" fragte Mac Ghee ungeduldig. Der mit Harry Angeredete nickte mit dem Kopf, sagte aber ziemlich scharf: „Jetzt ist erst mal Schluß! Mehr kann ich im Augenblick nicht unterbringen, sonst fällt es auf. Ihr müßt warten!"

„Willst du aussteigen?"

„Davon kann keine Rede sein; ich bin nur vorsichtig! Wir müssen einen Teil bis zum nächsten Jahr liegenlassen!"

„Ich brauche meinen Anteil sofort", erklärte Boris.

„Warum die Eile?“ wollte Mac Ghee wissen. „Du hast gehört, daß es nicht möglich ist!“ Er war der Chef einer Bande, deren Mitglieder er sich aus Frankreich,

Polen, Ungarn und Deutschland zusammengesucht hatte. Harry, sein Freund, fungierte als Hehler. Sie alle waren Spezialisten für Großeinbrüche und verstanden ihr Handwerk. Obendrein waren sie gut organisiert. Man traf nur zusammen, um ein Unternehmen durchzuführen; im übrigen ging ein jeder seine eigenen Wege. Das fiel nicht auf. Im vergangenen Jahr hatten sie sich auf Felle umgestellt, nachdem sie vorher Teppiche gestohlen hatten. Mac Ghee hatte zunächst eine Pause vorgeschlagen, später wollte er sie wieder zusammenrufen, und dann würden sie, nach einem genau ausgeklügelten Plan, Brillanten sammeln.

„Nächstes Treffen im Januar", bestimmte er.

„Aber wo?" erkundigte sich Harry.

„Irgendwo, wo wir kein Aufsehen erregen."

„Am besten in einer Großstadt", schlug Skolsky vor. „Da fällt man am wenigsten auf."

„Im Januar?" murrte Barnekow. „Das sind ja noch sieben Monate." Skolsky gab ihm recht. „So lange sollen wir auf unser Geld warten?"

„Ihr habt schon genug", herrschte Mac Ghee sie an.

„Was machen wir in der Zwischenzeit?" fragte Barnekow.

„Fahrt an die Riviera oder in die Schweiz, aber verhaltet euch um Himmels willen ruhig!" Mac Ghee hatte gute Gründe, sie zu warnen. Sie verfügten jetzt über eine Menge Geld, wenn auch noch nicht über ihren vollen Anteil, und sie würden versucht sein, sich alle möglichen Wünsche zu erfüllen.

„Kaum anzunehmen, daß ich bis Januar alles verkauft habe“, gab Harry zu bedenken. „Garantieren kann ich's nicht. Bin ja schon froh, daß ich die Pariser Felle legalisiert habe. Die anderen habt ihr mir zu spät gebracht. Die müssen erst mal veredelt und verarbeitet werden; und die diesjährigen Pelzmodeschauen beginnen schon nächste Woche. Wie soll ich da noch ein Geschäft zustande bringen?“

„Du spinnst wohl“, murrte Skolsky. „Jetzt, im Hochsommer, kauft doch keiner Pelzmäntel, aber bis zum Herbst kannst du sie losgeworden sein. Also gibt's im Januar Pinke!“

„Du Idiot, ich verarbeite sie doch nicht selbst! Ich bin an einer Großhandlung beteiligt.“ Harry sah ihn spöttisch an. Was verstand dieser Einbrecher schon von der Sache? Es wäre müßig gewesen, ihm zu erklären, welche Wege die gestohlenen Felle gingen, bis sie endlich legal in den Handel gebracht werden konnten. Und was wußte der von der Mode und ihren Gesetzen? Im Sommer fanden die Wintermodeschauen statt; im Winter hingegen, wenn alles fror, wurden Sommersachen angeboten.

„Also Schluß jetzt! Jeder geht seiner Wege, bis ich euch wieder zusammenhole. Alle vier Wochen geb' ich euch Nachricht, und zwar unter G 49, hauptpostlagernd Zürich. Skolsky holt den Brief ab und verständigt euch. Heißt es: Herzliche Grüße von Tante Emily, so bedeutet das, ich arbeite an einem neuen Plan. Ist's dann soweit, kriegt ihr Nachricht, wo man Tante Emily treffen kann. Ihr meldet euch bei mir nur, wenn es dringend erforderlich ist, und zwar über Brooklyn 49, Postamt zwei." So viel hatte der wortkarge Mac Ghee schon seit langem nicht mehr gesprochen. „Wer fliegt zuerst?" fragte er.

In diesem Augenblick wurde Lasalles Maschine aufgerufen. Er verabschiedete sich und sagte: „Mac, zahl meine Rechnung!"

Skolsky und Barnekow wollten noch ein paar Tage in Berlin bleiben. Fritz Werter, der Deutsche, der bis jetzt noch kein Wort gesprochen hatte, sagte zu Harry: „Ich fahr' mit dem Wagen nach Frankfurt. Ich kann dich mitnehmen; von dort hast du direkten Anschluß."

„Macht mir keine Dummheiten in der Zwischenzeit, und wie gesagt: Fallt ja nicht auf!" warnte Mac Ghee seine Komplizen. „Nehmt euch ein Beispiel an Léon Lasalle, der lebt auf einem kleinen Bauernhof in Südfrankreich. Dort sucht ihn die Polizei nicht." Großzügig zahlte er für alle die Rechnung. Als die nach New York bestimmte Maschine abgerufen wurde, stand er auf und tippte lässig an den Hutrand. „Macht's gut, Jungs!"

Harry atmete auf, als auch Barnekow und Skolsky sich verabschiedeten.

Mit Fritz Werter fuhr er bis Frankfurt. Dort gingen die beiden ohne viel Worte auseinander. Harry hielt von seinen Komplizen nicht viel, und er hätte recht gern auf eine weitere Zusammenarbeit verzichtet, wenn ihm dies möglich gewesen wäre. Nun, er hatte schließlich ja nur die Ware unterzubringen.

„Sie sind auf der falschen Spur!“

Lady Clivia war sogleich bereit, mit Reginald Warrens Studienkollegin einkaufen zu gehen. Sie verstand zwar nicht, weshalb Nicole ausgerechnet einen Pelzmantel anprobieren wollte, den sie sich bestimmt nicht leisten konnte. Sie vermutete, daß dieses Mädchen keine Ahnung vom Wert eines derartigen Stückes hätte. Eine wirkliche Dame trug zudem keinen Leopardenmantel mehr.

„Liebste Clivia, könntest du Ange mit deiner Garderobe aushelfen? Ihr habt ungefähr die gleiche Figur. Sie hat nur das Nötigste mitgebracht.“

Wenn Reginald „liebste Clivia“ sagte, was eigentlich, ausgenommen, daß es eine Schmeichelei war, nichts zu bedeuten hatte, wußte sie, ihm lag viel daran, seinen Wunsch erfüllt zu sehen. „Gern“, erwiderte sie, „nur mußt du mir sagen, was hier los ist. Ich tappe nicht gern im Dunkeln. Daß ich keine Spielverderberin bin, ist klar. Aber ich muß wissen, was gespielt wird.“

Reginald erklärte ihr kurz, weshalb Nicole nach einem Leopardenmantel suchte. „Dich kennt man in den exklusiven Geschäften, ohne dich erreicht sie nichts. Machst du mit?“

„Natürlich! Das macht mir ja geradezu Vergnügen“, erklärte sie und ihre Augen blitzten. „Es wäre mal eine großartige Abwechslung.“

„Ich muß Sie aber um allergrößte Verschwiegenheit bitten, Lady Brestwick“, sagte Nicole.

„Oh, das ist selbstverständlich, meine Liebe!“

„Heute abend führe ich euch aus“, versprach Reginald. „Das heißt, wenn Seine Lordschaft nichts dagegen hat“, fügte er lachend hinzu.

„Gewiß nicht, mein Lieber, ich bin ja zur Zeit allein. Alex befindet sich auf seinem Gut in Schottland.“

„Um so besser“, sagte Reggie. Nachdem sie vereinbart hatten, daß er die Damen um zwanzig Uhr abholen werde, verabschiedete er sich.

Lady Clivia nahm Nicole mit in ihr Ankleidezimmer. Sie öffnete die Tür der großen Schrankwand und sagte: „So, nun suchen wir etwas Passendes für Sie!“ Nach kurzem Überlegen nahm sie einige Kleider heraus und ließ ihren Gast selbst wählen. Sie hat einen guten Geschmack, dachte Clivia, als Nicole sich für ein zitronengelbes Leinenkleid entschied, dessen einziger Schmuck in einer blauen Tresseneinfassung bestand.

„Für heute abend schlage ich Ihnen dieses Weiße vor.“ Clivia nahm ein Kostüm aus weißem Seidenrips und reichte es ihr. „Probieren Sie's an. Ich glaube zwar, es paßt; sollte aber doch eine kleine Änderung notwendig sein, so kann Betty das machen.“

„Aber“, versuchte Nicole abzuwehren, „das ist viel zu kostbar. Wenn nun ein Flecken dran kommt?“

„Dann geben wir es in die Reinigung.“

Nicole streifte ihr Kleid ab und schlüpfte in Rock und Jacke. Beides saß, als ob es für sie gemacht worden sei. Clivia freute sich, weil sie, obwohl gut zehn Jahre älter als Nicole, noch ebenso schlank geblieben war. Sie hatte also nicht vergeblich jeden Morgen Gymnastik getrieben!

„Ziehen Sie jetzt das gelbe Kleid an.“ Nicole zog sich um und schaute in den Spiegel. Das Kleid erschien ihr zauberhaft.

„Etwas fehlt noch“, sagte Clivia. Auf modische Kleinigkeiten legte sie sehr viel Wert, weil sie oft ein Kleid erst recht zur Geltung bringen. „Einen Augenblick!“ Sie öffnete eine Schublade und kramte darin. „So! Stecken Sie sich diese blaue Blume hier an!“ Und nun gab sie ihrem Gast auch noch eine große Tasche aus blauem, glänzendem Stroh. „Pantoletten gehören ebenfalls dazu. Sie sehen aus wie meine jüngere Schwester“, stellte sie dann fest. „Wie wäre es, wenn wir Ihren Koffer aus dem Hotel holten, Nicole? Sie könnten doch bei mir wohnen.“ Lady Clivia hatte das Gefühl, sie würde sich mit der jungen Französin gut verstehen. Lord Brestwick, ihr Mann, blieb mindestens noch einen Monat in Schottland, und so empfand sie diesen Besuch als angenehme Abwechslung.

„Sie sind sehr liebenswürdig, Lady Clivia. Wenn ich nicht zu sehr störe, nehme ich die Einladung mit Vergnügen an.“ Die Aufforderung, bei den Brestwicks zu wohnen, kam ihr mehr als gelegen, denn nun konnte sie in den Geschäften ihre Adresse mit Park Lane angeben. In einer so vornehmen Gegend zu wohnen, war an sich schon eine Empfehlung. Clivia wies das Zimmermädchen an, eines der Gästezimmer herzurichten. „Wir nehmen den Lunch in der Stadt, Betty.“

Sie fuhren zu „Roger and White“, einem der elegantesten Pelzgeschäfte der Stadt. Lady Clivia pflegte hier zu kaufen. Erst kürzlich hatte sie ein kurzes Nerzjäckchen erstanden.

Mr. White, den man sogleich vom Besuch einer so guten Kundin verständigt hatte, trat aus seinem Büro. „Oh, Lady Brestwick, was kann ich für Sie tun?“

„Wir möchten gern Ihre neue Kollektion ansehen. Meine Freundin, Miss Angelot!“ stellte sie vor. „Sie kommt aus Paris.“

„Ich bin untröstlich, Mylady, aber es fehlen leider einige Stücke. Sie sind noch im Atelier in Arbeit.“

„Dann zeigen Sie uns, was Sie haben!“

„Wollen Sie sich bitte in den Salon bemühen“, sagte Mr. White und geleitete die beiden Damen in den Vorführraum, wo er zwei bequeme Sessel nebeneinanderschob.

Angenehm kühl war es hier drinnen. Die Temperatur wurde durch eine Klimaanlage geregelt, denn beim Vorführen einer Pelzkollektion durfte es nicht zu warm sein, weil das die Kauflust hemmte. Darauf mußte man sich einstellen.

Bis die Vorführdamen bereit waren, ließ Mr. White eisgekühlten Tee in kleinen Schalen servieren und versuchte seine Besucherinnen mit ein wenig Gesellschaftsklatsch zu unterhalten. Diskret trat er zur Seite, als das erste Mannequin erschien. Seine Kundinnen sollten sich durch ihn nicht beeinflußt fühlen; die Kollektion mußte für sich selbst sprechen.

Nicole sah die erlesensten, zu Mänteln, Jacken und Stolen verarbeiteten Pelze und wartete voller Ungeduld darauf, daß endlich auch Ozelot- und Leopardenmäntel gezeigt werden würden.

„Miss Angelot interessiert sich für einen Leopardenmantel“, sagte Clivia, der es ebenfalls zu lange dauerte. Mr. White entschuldigte sich, daß er leider über nur noch wenige Stücke verfüge, und die seien obendrein auch nicht verarbeitet. „Seit dem Aufruf zum Schutz dieser Tiere und seitdem unsere Königin darauf verzichtet hat, ihren Leopardenmantel zu tragen, fürchte ich, verzichten auch andere Damen darauf. Ich verarbeite daher nur noch die Leopardenfelle, die ich bereits eingekauft habe. Neue Ware kaufe ich nicht mehr.“

„Was mich betrifft“, fiel Nicole ein, „ich möchte aus einem ganz bestimmten Grund so einen Mantel haben. Würden Sie mir die Felle zeigen, die Sie noch haben.“

Mr. White versicherte, dies werde ihm ein Vergnügen sein. Er hatte nämlich schon befürchtet, auf seinen Fellen sitzenzubleiben.

Obwohl Nicole sich sagte, daß die gestohlenen Felle hier bestimmt nicht zu finden seien, hoffte sie im stillen doch, auf eine Spur zu stoßen.

Mr. White hatte inzwischen ein Fellbündel in den Salon bringen lassen, das schon für einen Mantel zugerichtet war. Nun erklärte er den Damen, wie schwierig es sei, zueinander passende Felle auszusortieren, denn man müsse ja stets die Zeichnung und Beschaffenheit der Haare berücksichtigen.

„Diese hier, zum Beispiel“, und er breitete das Bündel vor Clivia und Nicole aus, „waren besonders schwierig aufeinander abzustimmen. Das für den Mantelrücken bestimmte Fell paßt aber jetzt so gut zu den anderen, als ob der Mantel aus einem einzigen Stück bestünde.“

„Sind das Somalifelle?“ fragte Nicole.

„Nein! Aber meine schönsten sind es jedenfalls. Sie verstehen ein wenig davon, Miss Angelot?“

„Nicht viel. Man hat mir nur gesagt, die schönsten Felle kämen aus Somalia, und deshalb hab' ich mir solch einen Mantel aus afrikanischen Leopardenfellen gewünscht.“

Mr. White kam das durchaus glaubhaft vor. Offenbar sollte die junge Dame den Mantel als Geschenk erhalten. Wie dem auch sei, diese Kundin wollte er sich nicht entgehen lassen.

„Einige Somalifelle habe ich zwar, doch leider reichen sie nur für eine Jacke“, sagte er. „Wenn Sie sich einen Augenblick gedulden wollen, lasse ich sie holen.“ Er ging ans Telephon, um mit dem Lagerverwalter zu sprechen.

Als nun die Felle vor ihnen ausgebreitet lagen, begriff Nicole, warum Herr Bertelot daheim in Paris die Somalileoparden für einzigartig hielt. Die Zeichnung dieser Felle war blauschwarz und obwohl sie klar umrissen war, meinte man doch, die einzelnen Farbtöne gingen ineinander über. Die Unterhaare schimmerten wie dunkles Gold.

„Genau das, was ich suche!" sagte Nicole. Sie nahm eines der Felle und ging damit zum Fenster. Während sie bewundernd darüber hinstrich, zupfte sie heimlich einige Haare aus, was Mr. White zum Glück nicht bemerkte. Krampfhaft verbarg sie ihren Raub zwischen Daumen und Zeigefinger der linken Hand.

„Wie gesagt, zu einer Jacke reicht das Material", sagte er bedauernd.

„Schade, sehr schade, aber es muß ein Mantel sein! Ist es Ihnen nicht irgendwie möglich, Felle hinzuzukaufen?" fragte Clivia.

„O ja", fiel Nicole ein. „Könnten Sie das? Es gibt doch sicher noch mehr solcher Leopardenfelle."

„Etwas zu finden, das zu diesen ausgesuchten Fellen paßt, dürfte fast unmöglich sein. Versuchen kann ich es, nur verspreche ich mir nicht viel davon. Es wird fast nichts mehr angeboten", sagte Mr. White bedauernd. An einer solchen Jacke hätte er gut verdient.

„Es gibt doch Gelegenheitsangebote", versuchte es Nicole noch einmal. „Ich meine, so unter der Hand, von Leuten, die sich sonst nicht mit dergleichen befassen. Juwelen oder Schmuck kann man ja auch unter der Hand bekommen."

Mr. White sah sie kopfschüttelnd an. Wie stellte sich die junge Dame das vor? Eine so seriöse Firma wie „Roger and White" kaufte doch nichts unter der Hand. Seine Stimme klang sehr kühl, als er entgegnete: „Aber, Mylady, so etwas würden wir uns niemals erlauben – aus den verschiedensten Gründen nicht!"

„Nun, wir überlegen es uns", sagte Clivia, die bemerkte, wie gekränkt Mr. White war.

„Vielleicht entschließen Sie sich doch noch zu einem anderen Mantel? Dieser Nerz etwa ... Ich glaube, der gäbe Ihnen den rechten Rahmen."

Ein herrliches Stück! Nicole verliebte sich sogleich

in ihn. Sie hätte ihn, wäre sie hierzu in der Lage gewesen, auf der Stelle gekauft. „Nachdem wir uns so sehr auf einen Leopardenmantel eingestellt hatten, fällt es mir schwer, mich sofort zu entscheiden." Nun erhob sie sich. Sie hatte es plötzlich eilig, wegzukommen, denn sie wollte keines der ausgezupften Haare verlieren. Behutsam barg sie die Haare zwischen den Blättern ihres Taschenkalenders.

Nachdem sie noch ein zweites Pelzhaus besucht hatten, ohne auf irgendwelche Spuren zu stoßen, schlug Clivia vor, zum Lunch zu gehen.

„Wo könnten wir denn noch nachforschen?" erkundigte sich Nicole.

„Bei Baxter vielleicht. Die Firma ist zwar nicht ganz so exklusiv, hat aber einen guten Ruf. In letzter Zeit bemüht sie sich, Kunden unter den Damen der Gesellschaft zu gewinnen. Wir Engländer sind recht konservativ, und so ist es für einen Geschäftsmann nicht leicht, in höhere Kreise einzudringen. Er wird daher glücklich sein, wenn ich sein Geschäft aufsuche."

„Strengt es Sie nicht zu sehr an, Lady Clivia?"

„Keine Spur, für mich ist das ein Vergnügen!"

Nach dem Lunch setzten sie sich in die Hotelhalle, um eine Tasse Mokka zu trinken und sich ein wenig auszuruhen.

Das Pelzhaus Baxter lag in der Nähe der Oxford Street. Clivia hatte sich vom Hotel aus telephonisch angemeldet, und Mr. Baxter erwartete sie. Er lächelte befriedigt vor sich hin. Langsam zeigte sich der Erfolg seiner Bemühungen. Lady Brestwick gehörte den höchsten Kreisen an. Konnte er sie als Kundin gewinnen, würden vielleicht auch ihre Freunde nachkommen. Ja, es genügte schon, wenn er bei seiner nächsten Modevorführung der Presse gegenüber verlauten ließ, sie habe sein Geschäft besucht, und wenn er so ganz nebenbei erwähnte, dies oder jenes Stück seiner Kollektion habe Mylady besonders gefallen. Endlich, dachte er und rieb sich befriedigt die Hände. Ein Blick in den Spiegel überzeugte ihn, daß seine Kleidung untadelig war. Dunkler Anzug, eine Perle in der Krawatte, nicht zu groß, aber auch nicht zu klein, und ein blütenweißes Hemd, in dessen Manschetten goldgefaßte Onyxknöpfe staken. Er ließ die Damen durch seine Schwester, die gleichzeitig auch Geschäftsführerin war, empfangen.

„Bitte, nehmen Sie Platz! Mr. Baxter kommt sofort."

Mit einer tiefen Verbeugung begrüßte er gleich darauf Lady Brestwick und Nicole. Unauffällig musterte er das junge Mädchen und versuchte, ihren gesellschaftlichen Rang zu ergründen. Ihre Kleidung war erstklassig, das sah man sofort.

„Zeigen Sie uns doch bitte einige Stücke Ihrer neuen Kollektion", sagte Lady Brestwick. „Meine Freundin beabsichtigt, einen Mantel zu kaufen." Eigentlich hatte sie ohne Umschweife nach Leopardenmänteln fragen wollen, aber – man müsse diplomatisch vorgehen, hatte Nicole Angelot gesagt. Das leuchtete ihr ein, man durfte ja keinen Verdacht erregen.

Baxter drückte auf einen Knopf, eine Flügeltür öffnete sich lautlos und gab den Blick auf zwei Vorführdamen frei. Sie standen wie Schaufensterpuppen in völliger Reglosigkeit, bis er sie durch eine Handbewegung aufforderte, näher zu kommen. Nachdem sie eine Weile hin und her gegangen waren, sich gedreht und gewendet hatten, nahm er ihnen die Mäntel ab und hängte sie über ein fahrbares Gestell.

Eine erstklassige Kollektion edelster Pelze war es, die Mr. Baxter den Damen vorführen ließ, und sie stand der des Hauses „Roger and White" in keiner Weise nach: Nerze in allen Mutationen, Persianer vom hellsten Beige, das fast weiß wirkte, bis zum glänzendsten Schwarz, Seal und Blueback. Auch zwei Leopardenmäntel waren dabei.

Sogar Clivia war begeistert. Dergleichen hatte sie nicht zu sehen erwartet. Sie probierte selbst einige der Mäntel an. „Schade, daß Lord Brestwick verreist ist . . ." sagte sie, ohne den Satz zu beenden. Aber es war klar, daß sie ihren Mann sonst wohl überredet haben würde, einen der Mäntel zu kaufen.

„Sobald Seine Lordschaft aus Schottland zurück sein wird, schicke ich Ihnen, wenn Sie es wünschen, einige der schönsten Stücke ins Haus." Mr. Baxter verbeugte sich leicht, um anzudeuten, daß es ihm ein Vergnügen und eine Ehre sein würde.

„Sie wissen, daß mein Mann in Schottland ist?" fragte Clivia.

„Gewiß, Mylady, es stand in der Gesellschaftsspalte

der Zeitung“, erwiderte er, stolz darauf, so gut informiert zu sein.

Während der Unterhaltung zwischen Lady Clivia und Mr. Baxter hatte sich Nicole die Leopardenmäntel näher angesehen. Keiner von ihnen besaß, obwohl beide sehr schön waren, jene blauschwarze Zeichnung, von der Herr Bertelot gesprochen und die sie bei „Roger and White“ gesehen hatte. Sie schlüpfte in einen der Mäntel, und Mr. Baxter schob die Flügel des großen Spiegels so weit auseinander, daß sie sich von allen Seiten betrachten konnte.

„Er paßt sehr gut zu Ihnen“, stellte Clivia fest.

Nicole stand ein bißchen steif da. „So müssen Sie ihn tragen“, lächelte Mr. Baxter und hob den Kragen etwas an, so daß er sich wie ein Kelch wölbte. Fast hätte Nicole ihren Auftrag vergessen, denn so vorzüglich paßte er zu ihr, daß sie ihn am liebsten sofort mitgenommen hätte. Persianer und Nerze wirkten vornehm, aber dieser Leopardenmantel war ebenso sportlich wie elegant. Ein königlicher Pelz – in der Tat!

„Somalifelle?“ fragte sie.

Mr. Baxter hob bedauernd die Hände. „Leider nein, nur indische, aber die sind den Somalis fast ebenbürtig.“

„Schade“, erwiderte Nicole, „es müssen aber Somalis sein!“

„Im Augenblick habe ich leider keine. Ich glaube auch kaum, daß sich noch welche auftreiben lassen!“

„Du könntest . . .“ Miss Baxter kam nicht dazu, weiterzusprechen. Ihr Bruder unterbrach sie: „Ganz recht!

Ich werde es bei einigen Großhändlern, die Verbindungen nach Afrika haben, versuchen. Wenn ich Erfolg habe, gebe ich Mylady Bescheid."

„Hier, meine Adresse!" sagte Clivia und wollte eine Visitenkarte aus der Handtasche nehmen.

„Aber, Mylady, ich kenne doch Ihre Anschrift." Er schien geradezu gekränkt zu sein, daß man ihm eine solche Unkenntnis unterstellte.

Nicole hatte, obwohl es keine der gesuchten Somalifelle waren, einige Haare sichergestellt. Sie hatte überdies auch noch einige aus dem hellen Nerz gezupft und in ihrem Notizbuch verstaut.

„So, jetzt aber schnell nach Hause", meinte Clivia. Sie war müde geworden und wollte sich vor dem Abendessen ein wenig ausruhen. Mr. Baxter begleitete die Damen bis zum Auto. Er sagte dem Fahrer, daß er selbst beim Einsteigen behilflich sein wolle. Vorsorglich versicherte er sich, daß sie gut saßen und er die Tür schließen konnte, und dann verabschiedete er sich mit einer korrekten Verbeugung.

„Ich glaube, man sollte mal bei ihm kaufen", meinte Clivia, die sehr beeindruckt von dem unaufdringlichen Eifer Baxters war. Sie nahm sich vor, ihn ihren Freunden zu empfehlen.

Während Clivia sich ausruhte, nahm Nicole die Haare aus dem Notizbuch und steckte sie vorsichtig in kleine Tüten. Sorgfältig notierte sie Ort, Datum und Tageszeit ihrer Erwerbungen. Viel erreicht hatte sie ja nicht, gestand sie sich. Aber morgen war auch noch ein Tag. Sie

nahm die Liste der Pelzgeschäfte vor, die ihr Reggie gegeben hatte, und dazu einen Stadtplan. Mit Rotstift bezeichnete sie darin die Orte, die sie nacheinander besuchen wollte, um Zeit zu sparen.

Nun war sie doch ein wenig abgespannt, und sie massierte sich das Gesicht mit einer Creme, nachdem sie es vorher mit erfrischendem Gesichtswasser behandelt hatte. Noch weitere fünf Minuten Entspannungsübungen und sie würde wieder munter wie ein Fisch im Wasser sein.

Der Abend mit Reginald verlief sehr harmonisch, aber echt englisch. Man saß im eleganten Speisesaal des Savoy Hotels, grüßte da und dort und wurde wieder gegrüßt. Man nahm den Mokka im Foyer, klatschte ein wenig und ging anschließend noch in einen Nachtklub. Nicole wäre viel lieber mit Reggie allein gewesen und hätte gefachsimpelt. Was ihr fehlte, waren Kenntnisse in der Psychotechnik. Man ging erst nach Hause, als Clivia müde war. Am anderen Tag zog Nicole allein los. Glücklicherweise hatte Clivia eine Komiteesitzung und entschuldigte sich. Sie bot aber für den Nachmittag ihre Begleitung an. Die Suche nach dem Somalileopardenmantel begeisterte sie mehr und mehr, und Nicole bat sie noch einmal, strengste Verschwiegenheit zu bewahren. Es gefiel ihr nicht recht, daß Reginald seine Kusine eingeweiht hatte, obwohl er ihr versicherte, man könne sich auf Clivia unbedingt verlassen. Sie gehöre zu den wenigen Frauen, die zu schweigen wissen, wenn es notwendig ist.

Als Nicole aus der Stadt zurückkam, fand sie ein Telegramm aus Paris vor. Es war vom Hotel, wo sie ihre Adresse zurückgelassen hatte, durchgegeben worden. Nicole wurde sofort nach Brüssel beordert.

Sie rief Reginald Warren an und verabredete sich mit ihm bei Wheelers, einem zentral gelegenen kleinen Restaurant.

„Dort drüben sitzt Graham", sagte Reggie und deutete mit einer leichten Drehung des Kopfes in die Richtung, in der der Oberinspektor von Scotland Yard an einem Tisch saß. „Willst du mit ihm sprechen?"

„Ich weiß nicht, ob ich es tun soll. Einen offiziellen Auftrag habe ich eigentlich nicht", sagte sie vorsichtig. Sie wußte, daß man es nirgends gern sah, wenn Ausländer auf eigene Faust Ermittlungen anstellten, ohne die Kriminalpolizei des betreffenden Landes einzuschalten. In Paris war man auch höchst ungnädig, wenn ein fremder Kriminalbeamter auftauchte und selbständig zu arbeiten versuchte.

Reginald, der ihre Gedanken zu erraten schien, meinte: „Frage ihn um Rat, dann hast du bei ihm gewonnen. Er ist ein großartiger Kriminalist und du würdest einen interessanten Menschen kennenlernen." Er stand auf und ging mit steifen, gemessenen Schritten zu Grahams Tisch. „Hallo, Mr. Graham!"

„Oh, hallo, Mr. Warren, bitte nehmen Sie Platz."

„Ich will Sie nicht beim Essen stören, aber darf ich Ihnen später eine Kollegin aus Frankreich vorstellen?"

„Eine Kollegin von Ihnen, Mr. Warren?"

„Nein, eine von Ihnen, Oberinspektor. Miss Angelot ist Kriminalassistentin in Paris."

Graham kniff die Augen zusammen. Er hielt nicht viel von Frauen in seinem Beruf. Allenfalls konnte man sie für die Vernehmung von Kindern verwenden oder bei Büroarbeiten, zu mehr kaum. Frauen vermochten seiner Meinung nach nicht logisch zu denken. Er hatte wenigstens bis jetzt keine kennengelernt, die es konnte. Nur ungern sagte er zu. „Ich komme nachher zu Ihnen hinüber“, meinte er. Gleichzeitig nahm er sich vor, dem Kellner die Anweisung zu geben, ihn nach kurzer Zeit ans Telephon zu rufen.

Graham wartete, bis Warren und seine Begleiterin ihren Lunch beendet hattten, dann stand er auf und trat an ihren Tisch.

„Angelot, Angelot?“ Der Name schien eine Erinnerung in ihm zu wecken. „Diesen Namen habe ich doch schon gehört!“

„Mein Onkel ist Jules Angelot, Kriminalrat im Präsidium.“

Nun fiel Graham wieder ein, daß er vor Jahren einmal dienstlich mit Kriminalrat Angelot zu tun gehabt hatte.

Nicole betrachtete den Oberinspektor heimlich sehr genau. Auf den ersten Blick schien er ein gutmütiges Dutzendgesicht zu haben. Kleine Fältchen ließen darauf schließen, daß er auch Humor besaß. Sein Mund war schmal und hart, und sie konnte sich vorstellen, daß er ein gefährlicher Gegner sein konnte, wenn es darauf ankam.

Die Unterhaltung drehte sich zunächst um Allgemeines und war nicht sehr interessant, bis Reggie erzählte, Nicole hoffe, in London einen Teil der gestohlenen Felle zu finden.

Graham hatte natürlich auch von den großangelegten Einbrüchen gehört. Der kürzlich in Deutschland verübte

Einbruch war von Interpol gemeldet und an die Großhandlungen und die Börse, wo Rohfelle gehandelt wurden, weitergegeben worden.

„Kann ich Ihnen irgendwie behilflich sein?“ fragte er mehr aus Höflichkeit als aus Interesse.

„Im Augenblick nicht“, erwiderte Nicole. „Eigentlich bin ich nur einer Eingebung gefolgt, als ich mich entschloß, nach London zu kommen, um mich hier ein wenig umzusehen.“

Als sie ihm von ihren Besuchen in den führenden Pelzgeschäften erzählte, lächelte er. „Ich fürchte, Sie sind auf einem ganz falschen Weg. Glauben Sie, eines dieser renommierten Häuser gäbe sich dazu her, einer Bande von Einbrechern als Hehler zu dienen?“

„Natürlich nicht!“

„Ja, aber ... was tun Sie dann hier?“

Nicole berichtete ihm, daß der von den Pelzdieben benutzte Lastwagen auf der Straße nach Boulogne gefunden worden sei; daraus müsse man doch schließen, daß die Felle verschifft worden seien.

„Wie sollen Ihrer Meinung nach die heißen Waren in den Handel gebracht werden?“ fragte er etwas ironisch.

„Das ist genau das, was ich wissen möchte. Eingeschleust werden sie bestimmt irgendwo, leider wissen wir noch nicht, wo. Im übrigen scheint man in Paris eine Spur gefunden zu haben, weil man mich zurückruft.“

„Na, sehen Sie“, sagte Graham, und es klang wie der Rat eines gütigen Onkels, „am besten sucht man im eigenen Land!“ Nicole schnitt ein anderes Thema an, und bald waren sie in ein Gespräch über das neue Verfahren, die Karteien betreffend, vertieft. Der Oberinspektor mußte zugeben, daß die Pariserin hiervon etwas verstand. In London hatte man zwar auch schon mit dem Einrichten begonnen, nur machte das Zusammenstellen der Fakten erhebliche Schwierigkeiten. Graham verfügte über zu wenige geeignete Inspektoren, und es war daher nicht möglich, mit dem Einordnen der Merkmale nachzukommen.

Nicole erzählte, man habe auf ihren Vorschlag hin auch die Spitznamen der bereits straffällig gewordenen Personen registriert.

Ob es sich nun um die Brillantenjule, die Spitzenlizzy oder den Schwarzen Bomber, den Mickrigen Harry oder um Fettherz handele, habe man sie richtig eingelegt, so genüge ein Druck auf den Knopf und man erhalte ihre Karteikarte mit all ihren anderen Eigenschaften in wenigen Sekunden. Graham fand das sehr gut. Als der Kellner ihn ans Telephon rief, winkte er ab.

„Sie könnte ich ein paar Monate hier in Scotland Yard für meine Kartei gebrauchen“, sagte er und meinte es im Ernst. „Sollten Sie meine Hilfe brauchen, so stehe ich Ihnen natürlich jederzeit zur Verfügung.“

„Darauf komme ich bestimmt zurück“, erwiderte Nicole.

Später, als Graham gegangen war, fragte Reggie: „Wie findest du ihn?“

„Er ist beachtlich, aber er hält nicht viel von Frauen

im Kriminaldienst, es sei denn, sie arbeiten im Büro. Aber ich werde es ihm schon noch zeigen!"

„Er kennt nur seine Pflicht", sagte Reggie, und man spürte aus seinen Worten, wie sehr er den Oberinspektor schätzte.

„Wenn ich erst einmal so alt bin wie er, wird es mir genauso ergehen", lachte Nicole, „vorläufig bin ich einfach noch zu ehrgeizig und will etwas erreichen. Ich will beweisen, daß ich mehr kann, als nur Karteikarten in den Computer einlegen. Hinzu kommt noch, daß wir Frauen mit gefühlsmäßiger Erkenntnis arbeiten."

„Das ..."

„Ich weiß", unterbrach sie ihn. „Ihr kalten Denker lehnt das ab."

„Im Gegenteil", gab Reggie zu, „das ist euer Vorteil, sofern ihr euch nicht allzusehr davon beeinflussen laßt."

Die Ermittlungen waren zwar erfolglos gewesen, aber Nicole wurde das Gefühl nicht los, daß dennoch eine Spur nach London führe. Sie hatte keinen gültigen Beweis, nur eben ihr Gefühl. Reginald Warren brachte sie zum Flugplatz. „Schade, daß du nicht länger bleiben kannst!" Ihre Gegenwart hatte ihm viel von seiner Steifheit genommen, und so war er beinahe wieder der alte Reggie vom „Boul' Miche" geworden. Ein Zustand, in dem er sich ausgesprochen wohl fühlte.

„Vielleicht mache ich bald mal Urlaub in Paris", sagte er und strahlte dabei über das ganze sommersprossige Gesicht. Nicole winkte ihm noch einmal von der Gangway aus zu und sah, wie er den steifen Hut in der einen und den Regenschirm in der anderen Hand schwenkte.

Barnekow leugnet

Spät am Abend klopfte es heftig an der Tür des kleinen, in der Nähe von Marmande gelegenen Bauernhofes. Léon Lasalle rief mürrisch aus dem Fenster: „Wer ist da?"

„Mach auf, Léon, ich bin es, Werter!"

Das verschlug Lasalle die Sprache. Was wollte der hier? Jetzt rief auch Frau Lasalle, die bereits zu Bett gegangen war, aus dem Schlafzimmer: „Wer ist denn so spät noch gekommen, Léon?"

„Ein Freund von mir", sagte er. „Ich werde aber versuchen, ihn so schnell wie möglich wieder loszuwerden."

Lasalle knipste das Licht im Hausflur an und ging die Treppe hinunter. Er schloß das große, schwere Schloß auf und öffnete die Tür einen Spalt breit. Vorsichtig sah er hinaus, ob es auch ganz bestimmt Werter sei.

„Was willst denn du hier?" lautete die nicht sehr freundliche Begrüßung.

„Kannst dir denken, daß etwas los ist, sonst wär' ich nicht gekommen", erwiderte Werter. Er drückte die halbgeöffnete Tür auf und schob sich schnell in den Flur.

„Bei mir kannst du nicht bleiben", sagte Lasalle.

„Für eine Nacht mußt du mich aber beherbergen."

„Und was soll ich meiner Frau sagen", murrte Lasalle. Sie wußte, daß er vorbestraft war, und sie wollte nicht, daß ihn seine früheren Komplizen besuchten. Sie hatten sich auf den kleinen Bauernhof im Tal der Gironde zurückgezogen, und wenn er von Zeit zu Zeit verschwand, glaubte sie ihn bei seiner Schwester in der Bretagne. Daß Werter ihn hier aufsuchte, paßte ihm ganz und gar nicht.

„Was ist denn los?" fragte er.

„Sie haben den Barnekow geschnappt", berichtete Werter.

„Wie war denn das möglich?" Lasalle spuckte in hohem Bogen durch die Tür. Vermutlich hatte der Ungar sich durch zu vieles Geldausgeben verdächtig gemacht.

„Er muß einen kleinen Posten Nerzfelle beiseite geschafft haben."

„Wie hat er das fertiggebracht?"

„Er hat den Lastwagen, den wir gemietet hatten, in die Garage zurückgebracht, und da hat er sie angeblich drin gefunden und in die Gepäckaufbewahrung gebracht."

„Wahrscheinlich hat er sie beim Ausladen absichtlich im Wagen liegenlassen!"

„Das gibt er nicht zu. Er behauptet, daß er von Frankfurt aus nach Brüssel gefahren sei, um die Felle zu verkaufen."

„Dieser Dreckskerl!"

„In Brüssel hat er sie einer Kürschnerei angeboten, und die haben die Polizei verständigt."

„Wie kann er nur so dumm sein“, schimpfte Lasalle. „Aber warum kommst du zu mir? Ich kann doch nichts tun!“

„Sollst du auch nicht. Ich wollte dich nur verständigen. Bis jetzt hat er den Mund gehalten und wird's hoffentlich auch weiter tun. Man hat ihm zwar nachgewiesen, daß die Felle aus dem Frankfurter Einbruch stammen, aber das ist auch alles. Ich habe mit Mac Ghee telephoniert, und er beauftragte mich, euch zu warnen. Untertauchen, hat er befohlen, und nichts zugeben, falls Barnekow nicht dichthält. So, und jetzt verschaff mir etwas Anständiges zu essen und ein Bett. Morgen früh verschwinde ich wieder!“

Lasalle dachte zuerst daran, seinen Komplizen im Dorfgasthaus unterzubringen, dann erschien es ihm unverdächtiger, wenn er ihn bei sich behielt. Mit seiner Frau würde er schon fertig werden. Im Gasthaus konnte Werter etwaigen Fragen nach dem Woher nicht gut ausweichen. „Wo ist eigentlich Skolsky?“ fragte er.

„In der Schweiz. Er weiß Bescheid und hält bestimmt dicht.“

„Wo gehst du jetzt hin?“

„Nach Frankfurt zurück. Ich suche mir eine Stellung. Man ist am unverdächtigsten, wenn man eine solide Arbeit hat. Später, wenn Mac Ghee das Geld verteilt hat, gehe ich ins Ausland, vielleicht nach Amerika.“

„Glaubst du, daß Barnekow auch dann schweigen wird, wenn sie ihn einsperren?“ fragte Lasalle, dem nicht ganz wohl in seiner Haut war.

„Er wird nichts zugeben."

Genauso war es. Weder die Brüsseler Kriminalpolizei noch die deutsche oder Inspektor Labin brachten irgend etwas aus dem Ungarn heraus. Er behauptete, das Bündel Felle auf der Straße gefunden zu haben. Man könne ihm, außer der Fundunterschlagung, die er zugebe, nichts vorwerfen. Das war die übliche Ausrede, aber in diesem Fall nicht so dumm. Erschien es doch durchaus denkbar, daß die Einbrecher die Felle verloren hatten. Labin neigte dazu, ihm zu glauben. Der Posten war viel zu klein, um der Anteil eines Beteiligten zu sein. So wie er die Sache sah, waren die gesamten Felle weggeschafft worden, und die paar Nerze waren von dem Lastwagen auf die Straße gefallen.

„Vielleicht", wandte Nicole ein, „handelt es sich hier um einen Versuch, herauszufinden, wie wachsam die Kriminalpolizei ist und welche Möglichkeiten bestehen, die gestohlenen Waren anzubringen?"

Ganz unvermittelt sagte sie bei der Vernehmung zu Barnekow: „Sie waren doch auch an dem Einbruch in Paris beteiligt?"

Er sah sie so dümmlich an, daß man ihn beinahe für unschuldig halten konnte. Was man ihn auch fragen mochte, immer wieder beteuerte er, die Nerzfelle gefunden zu haben. Er wisse nichts von einem Einbruch, weder von dem in Frankfurt, noch von dem in Paris. Komplizen? Komplizen habe er keine, er habe die Felle doch gefunden. Seine wasserhellen Augen schwammen

in Tränen, sobald er sprach. Er schien es nicht fassen zu können, daß man ihm nicht glaubte. „Nur weil ich in Frankfurt wohne, muß ich doch kein Einbrecher sein", beklagte er sich.

„In Haft behalten kann man ihn nicht", sagte der deutsche Kriminalbeamte, „aber wir werden ihn später in Frankfurt überwachen. Vielleicht können wir ihm gelegentlich doch noch etwas nachweisen."

Daß die Nerze aus dem Einbruch in Frankfurt stammten, hatte man inzwischen feststellen können. Ein Angestellter der Firma war nach Brüssel gekommen und hatte sie einwandfrei identifiziert. Sie waren damals mit einem besonderen kleinen Merkzeichen für eine Jacke versehen worden.

„Tut mir leid, daß für Sie nichts dabei herausgekommen ist“, sagte der belgische Kriminalinspektor zu Labin. „Ich hatte gehofft, einen guten Fang zu machen.“

„Schade“, erwiderte Labin, der schlecht seine Enttäuschung verbergen konnte.

„Was halten Sie davon?“ fragte auf der Heimfahrt Nicole Angelot ihren Kollegen.

„Wenn es nicht stimmt, daß der Bursche die Felle gefunden hat, ist es die klügste Ausrede, die ich je gehört habe, obwohl es im Grund genommen die dümmste ist. Fast jeder Einbrecher behauptet zunächst einmal, die Ware nur gefunden zu haben.“

„Hätte er noch mehr Felle, auch von anderer Art, angeboten, wäre seine Ausrede unglaubhaft. Ein einziges Bündel kann er ja tatsächlich gefunden haben.

Die Belgier werden ihn wohl noch einmal vernehmen. Doch wenn er nichts zugibt, müssen sie ihn bald wohl oder übel laufenlassen. Die Strafe wegen Fundunterschlagung und Zollhinterziehung wird bestimmt nicht sehr schwer ausfallen.“

Auf der Pelzmodenschau

Kriminalrat Angelot ließ sich ausführlich berichten. Er war der Meinung, man solle den Fall gerade jetzt mit erhöhtem Einsatz weiterverfolgen. Zur Zeit fanden, obwohl die Sonne unerträglich heiß auf Paris herniederbrannte, die großen Modeschauen für die nächste Wintersaison statt. Zahllose Einkäufer sowie Geschäftsinhaber aus aller Welt waren anwesend. Es konnte durchaus möglich sein, daß die Bande versuchte, die Felle bei dieser Gelegenheit an den Mann zu bringen.

„Hier ist eine Liste, die vorgestern herauskam", sagte der Kriminalrat. Inspektor Labin wurde es schwarz vor den Augen. Über dreihundert Namen waren das, klein gedruckt! Beim Überfliegen des Blattes las er: London, Brüssel, Zürich, Berlin, Rom, Oslo, Kopenhagen. Ja, aus allen großen Städten der Vereinigten Staaten und Kanadas, sogar aus Melbourne, wurden Einkäufer erwartet. Wenn man die alle überprüfen wollte, so würde man Tage und Nächte damit zu tun haben. Obendrein mußte das natürlich auch noch völlig diskret geschehen.

Angelot bemerkte den Unmut Labins. Er sagte: „Nehmen Sie sich noch einen oder zwei von Ihren Leuten mit. Klammern Sie die großen bekannten Firmen aus, besonders solche, die hier ein festes Einkaufsbüro unterhalten. Fräulein Angelot soll die Modeschauen besuchen, bei denen Pelzmäntel und Pelzwaren gezeigt werden."

„Da kommen wohl in erster Linie Revillon und

Chembert in Frage“, warf Nicole schnell ein. Dieser Auftrag war angenehm, nur bezweifelte sie, dort irgendeine Spur finden zu können. Das waren so altrenommierte Geschäfte; die würden eines günstigen Gelegenheitskaufes wegen niemals ihren Ruf aufs Spiel setzen. Als das Telephon läutete, entließ der Kriminalrat sie. Inspektor Labin war wütend. Diese Ermittlungen waren langweilig und ermüdend, und der Erfolg würde vermutlich gleich Null sein. So wenig, wie man eine Stecknadel in einem Heuhaufen fand, so wenig würde man den gestohlenen Fellen bei einer Überprüfung der Geschäftsleute und Einkäufer auf die Spur kommen. Seiner Meinung nach war die Beute längst nach Übersee verschifft, dort verarbeitet und verkauft worden. Er hatte zwar die Schiffspapiere überprüft und war noch immer dabei, die Absender aller Rohfelle feststellen zu lassen, doch wenn die Ladung zuerst über die Grenze nach Belgien gebracht und von dort verschifft worden war, so hatte die ganze mühevolle Arbeit keinen Wert. Daß es für die Diebe nicht leicht sein würde, die Ware zu einem guten Preis zu verkaufen, wollte er nicht einsehen. Verscheuern konnte man, seiner Ansicht nach, schließlich alles.

Nicole ging zunächst bei Chembert vorbei und bat um eine Einladung zur Modenschau. Man wollte sie mit der Ausrede abspeisen, die Vorführung sei hoffnungslos überfüllt. Wer war denn schon dieses Fräulein Angelot? Als sie sich aber nicht abweisen ließ, sagte man ihr, man werde ihr gern in den nächsten Tagen einige

Stücke zeigen. Herr Chembert hob bedauernd die Hände: „Ausgeschlossen! Bei dieser Modenschau ist kein Platz mehr frei. Bitte, haben Sie Verständnis dafür!"

Erst als Nicole ihren Ausweis zeigte, sagte er kühl: „Gut, wir werden noch einen Sessel für Sie einschieben. Ich lasse Ihnen eine Einladungskarte ausschreiben." Ohne ihr einen Platz anzubieten, ging er hinüber in das Büro.

Gleich darauf kam Frau Chembert herbeigestürzt. „Um Himmels willen, was wollen Sie denn bei uns?" rief sie aufgebracht. „Wenn Sie einen Skandal heraufbeschwören, ruinieren Sie uns!"

„Nichts dergleichen", erwiderte Nicole. Ich bin ein Gast wie alle anderen auch. Irgendeine Szene brauchen Sie nicht zu befürchten."

„Was wollen Sie dann hier?"

„Ich interessiere mich für das Aussehen einiger Felle. Wo kaufen Sie eigentlich Ihr Rohmaterial?"

„Mein Mann hat seine Lieferanten in den Vereinigten Staaten und in Kanada, einige auch in Frankfurt und Leningrad."

„Verarbeiten Sie auch Felle von Pariser Firmen?"

„Niemals! Es sei denn, daß wir gelegentlich auf das eine oder andere Fell einer ganz bestimmten Sorte zurückgreifen, falls es gar nicht anders geht. Mein Mann kauft seine Felle immer in den großen Pelzzentren der Welt."

„Weiß er, woher seine Lieferanten die Ware beziehen?"

„Natürlich nicht. Es sind aber angesehene Firmen, mit denen wir schon jahrelang zusammenarbeiten."

Nicole sagte liebenswürdig: „Verstehen Sie mich recht, Frau Chembert, ich bin nicht hier, um Ihnen Schwierigkeiten zu machen! Vielmehr möchte ich Ihren Mann um seinen fachlichen Rat bitten."

„Oh, da wird er Ihnen gerne behilflich sein. Er ist einer der besten Kenner in der Branche", erwiderte Frau Chembert geschmeichelt. „Ich hingegen bin nur für das Entwerfen unserer Modelle zuständig."

„Man sagt, bei Chembert sei immer etwas Besonderes zu finden. Ihre Modelle sind nicht nur geschmackvoll, sondern auch originell, ja sogar extravagant. Ich freue mich auf die Modenschau."

Allmählich verschwanden die roten Flecken im Gesicht von Frau Chembert, die die Aufregung hervorgerufen hatte, und sie begann zu erzählen. „In dieser Schau zeigen wir unter anderem Pelze, die als Regenmäntel gedacht sind. Die Felle sind wasserabstoßend imprägniert. Allerdings sind sie auch sehr teuer. Wir haben sogar einen Regenmantel aus Somalileopardenfellen gearbeitet ..."

„Aus Somali ...", stotterte Nicole. Das Wort hatte sie geradezu elektrisiert. Verwundert sah Frau Chembert sie an. „Er ist natürlich sehr luxuriös und nicht für jeden erschwinglich. Wir haben nur noch diesen einen Mantel. Er kostet die Kleinigkeit von 35 000 Francs."

„Und ... und ... wird denn so etwas gekauft?" Nicoles Zunge war immer noch wie gelähmt, aber nicht des Preises wegen, sondern wegen des Wortes Somalileopard.

„Natürlich wird das Stück verkauft. Es findet sich immer eine Kundin, die Geld genug hat, um sich solchen Luxus leisten zu können. Wir verfügen nur über ein Stück dieser Art. In Montreal hat mein Mann einen weißgetupften blaugrauen Luchs gekauft, konnte aber leider nicht mehr als zwei Felle der gleichen Sorte auftreiben. So habe ich einen Hut und einen Muff daraus arbeiten lassen; und ich bin überzeugt, daß diese Kombination zum höchsten Preis weggehen wird, weil sie einmalig ist."

Herr Chembert kam mit der Eintrittskarte zurück. Er war außerordentlich überrascht, seine Frau mit dieser Schnüfflerin, der sie doch tüchtig die Meinung hatte sagen wollen, in friedlicher Unterhaltung vorzufinden. „Ich ersuche Sie, pünktlich zu sein. Zuspätkommende können nicht mehr eingelassen werden", sagte er, immer noch aufgebracht, und überreichte ihr die Karte mit spitzen Fingern.

„Selbstverständlich werde ich Sie auch sonst in keiner Weise enttäuschen", erwiderte Nicole, mehr zu Frau Chembert gewendet.

„Sie ist doch sehr charmant, die Kleine", meinte diese, nachdem Nicole gegangen war. „Ich könnte mir vorstellen, daß sie in dem roten Persianer wie eine Dame aussehen würde!"

„Pah", zischte Herr Chembert, „man sieht ihr die Kriminalbeamtin an. Die und eine Dame!" Hier war er

ungerecht, denn Nicole konnte sich mit jedem seiner Mannequins messen, wenn es darauf ankam. Er lachte spöttisch; bei dem Gedanken jedoch, sie werde bei der Modenschau anwesend sein, explodierte er von neuem und schimpfte hemmungslos über die Kriminalpolizei, die sich herausnahm, bei ihm herumzuschnüffeln, anstatt sich anderweitig zu betätigen. „Dort sollen die hingehen, wo . . .“

„Ich verstehe dich nicht“, unterbrach ihn seine Frau. „Du hast doch nichts zu verbergen!“

Was er brummte, verstand sie nicht, aber seine Handbewegung drückte ziemlich drastisch aus, was er gesagt hatte, und was er dachte, konnte man ihm im Gesicht ablesen. Seine Frau sah ihm verdutzt nach. Chembert zog sich in sein Büro zurück, ließ sich ein Mineralwasser bringen und nahm eine Beruhigungstablette, die er dringend nötig hatte.

Nicole war etwas früher vom Dienst nach Hause gegangen. Sie wollte sich für diesen Abend besonders sorgfältig ankleiden. Die Kriminalbeamtin durfte man ihr unter keinen Umständen ansehen, deshalb würde sie das neue Kleid anziehen.

Als Frau Angelot an die Badezimmertür klopfte und rief: „In zehn Minuten kannst du essen“, stieg sie aus der Wanne und ließ in der Duschecke kaltes Wasser über sich rieseln. Es war das beste Mittel sich frisch und munter zu machen. Während sie sich abfrottierte, spitzte sie die Lippen, um zu pfeifen, aber da fiel ihr die Abneigung ihrer Mutter gegen diese Unterhaltung ein, und sie ließ es bleiben. Zu schade, denn dabei kamen ihr oft die besten Gedanken. Später, wenn sie zu Chemberts fuhr, konnte sie es im Auto nach Herzenslust tun, da störte es keinen. Und das wollte sie auch, weil es sie einfach in gute Laune versetzte und sie von inneren Spannungen befreite. „Das ist wie Dampfablassen“, pflegte Onkel Jules zu sagen, der sehr viel vom Pfeifen hielt.

Rings um das Haus der Chemberts war kein Parkplatz frei, und Nicole mußte in eine Seitenstraße fahren und nun leider ein gutes Stück zurückgehen.

Das ganze Haus war festlich beleuchtet, und die Besucher strömten nur so hinein. Nicole trug ihr lavendelblaues Chiffonkleid und dazu einen kleinen Turban aus dem gleichen Stoff, um den sich ein Band aus rosa Chiffon schlang. Einer der Herren sah sie bewundernd an. Er nahm eine große rosa Nelke aus einer der Vasen und reichte sie ihr mit einer Stecknadel, die er aus der Innenseite seines Revers hervorholte.

„Vielen Dank!" sagte Nicole etwas erstaunt. Sie heftete sich die Blume an und sah in einer der großen Spiegel, die ringsherum die Wände verkleideten. Die Nelke war wirklich das Tüpfelchen auf dem i, das noch gefehlt hatte, um ihr Aussehen vollkommen zu machen. Frau Chembert, die den kleinen Vorfall beobachtet hatte, eilte ihr entgegen und führte sie zu einem Sessel an der Saalseite. Der Platz war für ihre Absicht recht günstig, denn von hier aus konnte sie nicht nur den Ablauf der Veranstaltung, sondern auch die meisten Gäste gut beobachten.

Junge Mädchen, als Pagen verkleidet, boten Sekt an, und für diejenigen, die keinen Alkohol tranken, eisgekühlte Fruchtsäfte. Das Schwirren und Summen der Stimmen brach ab, als Frau Chembert die Gäste willkommen hieß. Sie hatte sich kurz zuvor umgesehen und war befriedigt, denn sie entdeckte alle einflußreichen Damen der Gesellschaft. Ein Gong wurde angeschlagen, und der Samtvorhang im Hintergrund öffnete sich ein wenig, gerade weit genug, um eines der Mannequins heraustreten zu lassen.

„Modell Anna Karenina“, kündigte Herr Chembert an. Er kommentierte seine Modelle selbst und tat es manchmal mit viel Humor. Dieser Mantel war knöchellang; die Kapuze und der Saum waren mit schwarzem Zobel eingefaßt. Dazu gehörten Hut und Muff aus gleichem Material. Genauso war die Anna Karenina im Film gekleidet gewesen. Wie Herr Chembert bemerkte, war der russische Stil wieder einmal modern, vor allem aber Zobel. Er selbst begnügte sich mit diesem einen Modell.

Vielleicht das schönste Stück der Kollektion war der Kamtschatka-Otter, ein dicker brauner Pelz. Chembert sagte: „Auf den ersten Blick sieht er nicht nach sehr viel aus; aber dieser Pelz ist so kostbar, daß ich ihn Zentimeter für Zentimeter kaufen mußte.“ Das war eine vornehme Umschreibung für den hohen Preis. „Kamtschatka-Otter hat Tradition. Früher haben die chinesischen Mönche damit ihre Roben gefüttert.“

Nacheinander schritten die Mannequins über den langen Läufer, der durch die Mitte des Raumes gelegt war. Knickerbockerhosen aus schwarzem oder rotem Astrachan gefielen den Amerikanerinnen am besten. Nicole bemerkte es an dem beifälligen Kopfnicken. Jetzt kam der rote Mantel aus Persianer, von dem Frau Chembert gedacht hatte, er wäre das Richtige für Nicole. Er war auch wirklich ein Traum, mit seiner Einfassung aus schwarzem Fuchs. Dazu gab es Stiefeletten vom gleichen Material.

Inspektor Labin, wäre er hier gewesen, hätte es wohl nicht erwarten können, bis der Leopardenmantel gezeigt wurde, Nicole aber freute sich über die ganze Schau. Als Herr Chembert sein Prunkstück ankündigte, wurde sie noch wacher. Das also war die Kleinigkeit, die 35 000 Francs kosten sollte?

Der Mantel wurde gebührend bewundert, und die Dame, die zu Beginn von Frau Chembert mit Durchlaucht angesprochen worden war, winkte das Mannequin zu sich. Sie besah sich den Mantel von vorn und von hinten, befühlte das Fell, ließ sich das Innenfutter zeigen und nickte dann zustimmend.

Nicole hatte keine Chance, sich den Leopardenmantel näher anzusehen, weil die Vorführung weiterging. Sie nahm sich aber vor, dies später zu tun. Soviel sie von ihrem Platz aus gesehen hatte, war die Zeichnung von jenem Blauschwarz, das Herr Bertelot so begeistert beschrieben hatte. Daß der Mantel aus edelstem Material war, ging nicht nur aus dem Preis hervor, man sah es ihm auch an. Nicole hatte, seit sie den Fall bearbeitete, allmählich einen Blick für edle Pelze bekommen.

In diesem Jahr gab es in der Pelzmode manche Neuheit, vor allem was die Farbe betraf. Chembert zeigte zuerst eine grüne Seehundjacke, die zu schwarzen Samthosen getragen wurde. Das Futter der Jacke bestand aus dem gleichen Material wie die Hose. Der Blaufuchs, der als nächstes vorgeführt wurde, stach wunderbar von den hellblauen Tuchhosen ab. Besonders auffallend war die dann folgende grau-gelb gestreifte Fuchsjacke, zu der gelbe Cordhosen getragen wurden.

Nicole kam aus dem Staunen nicht heraus. Sie war zwar schon einiges an Extravaganz und Luxus gewöhnt, man sah das Jahr über viele ausgefallene Kleidungsstücke – bei den Modeschauen und in den Illustrierten oder mitunter auch auf den Straßen, wenn Aufnahmen gemacht wurden. Was sie hier gezeigt bekam, übertraf jedoch alles.

Die Schau war zu Ende, und Herr Chembert forderte seine Gäste auf, sich noch einmal vorführen zu lassen, was besonders interessiert habe.

Geschulte Verkaufskräfte mischten sich jetzt unter die Besucher, und diese Vendeusen verstanden ihr Geschäft. Herr und Frau Chembert standen natürlich den Kauflustigen ebenfalls zur Verfügung. Es hatten sich kleine Gruppen gebildet, und man besprach lebhaft die Modelle und die Preise. Nicole stand allein und ein wenig verlassen da. Sie fühlte, Herr Chembert erwartete von ihr, daß sie wegging. Dann und wann warf er ihr aus den Augenwinkeln einen schrägen Blick zu. Es mochte wohl Abneigung gegen die Kriminalpolizei sein, der sie ja so oft begegnete. Zu verbergen hatte er bestimmt nichts. Bei dem ausgezeichneten Ruf, den seine Firma besaß, konnte sie sich das auch kaum vorstellen.

Wie hatte Oberinspektor Graham in London zu ihr gesagt: „Sie sind auf ganz falschem Weg, mein liebes Fräulein. Glauben Sie denn, daß eines dieser angesehenen Pelzgeschäfte ..." Frau Chembert unterbrach sie in ihren Gedanken. „Ich hoffe, Sie sind auf Ihre Rechnung gekommen! Übrigens – die Vorführung ist beendet! Jetzt beginnen Verkaufsverhandlungen!" Das war deutlich. „Wenn Sie noch Fragen haben, kommen Sie doch in den nächsten Tagen einmal vorbei. Mein Mann wird Ihnen gern zur Verfügung stehen." Mit einem leichten Kopfnicken deutete Frau Chembert einen Abschiedsgruß an. Es war also mehr oder minder ein Hinausschmiß.

Nicole lächelte charmant, aber kühl und erwiderte: „Ich würde mir gern den Leopardenmantel nochmal aus der Nähe ansehen!"

„Aber ..." Frau Chembert holte tief Luft. Unbekümmert um dieses „Aber" ging Nicole hinüber zu der Prinzessin, die sich nur schwer zwischen einem weißen Biber und dem Leopardenmantel entscheiden konnte. Beide Pelze waren zu Regenmänteln verarbeitet. Man sah ihr an, daß sie am liebsten alle beide gekauft hätte. Während sie noch einmal in den Bibermantel schlüpfte und den Ledergürtel zuzog, ein wenig zu eng, wie Herr Chembert tadelnd bemerkte, hatte Nicole sich den Leopardenmantel genommen und ihn angezogen. Ganz gewohnheitsmäßig zupfte sie einige Haare aus. Natürlich hatte dieser Mantel nichts mit den bei Bertelot gestohlenen Fellen zu tun, aber sie konnte einfach nicht der Versuchung widerstehen. Auch spielte der Zufall ja manchmal eine große Rolle. War Chembert nicht in Frankfurt gewesen und hatte dort eingekauft? Und in

Frankfurt waren ebenfalls wertvolle Felle gestohlen worden.

Nicole schrak ordentlich zusammen, als Herr Chembert ihr – mit einem Griff sozusagen – den Mantel von den Schultern streifte, so wie man einer Wurst die Pelle abzieht. Er zischte sie an: „Dieses Stück ist verkauft! Was tun Sie überhaupt noch hier?“

„Herr Chembert, Sie sind so unhöflich, daß ich fast Lust hätte, den Mantel zu beschlagnahmen!“ erwiderte sie, nun auch zornig geworden. Es war sehr gegen ihre Gewohnheit, sich gehenzulassen oder ihre Befugnisse zu überschreiten, aber dieser Chembert reizte sie. Vielleicht stimmte in seiner Firma doch etwas nicht?

Chembert war wütend. Am liebsten hätte er diese Person hinausgeworfen, aber er mußte jeden Skandal vermeiden. Leise sagte er: „Ich werde mich über Sie beschweren! Es gibt Gesetze, die einen vor solchen Übergriffen schützen. Verlassen Sie augenblicklich mein Haus!“

„Ganz wie Sie meinen, Herr Chembert“, versetzte Nicole, und dabei lächelte sie ihn an, aber sie lächelte nicht mit den Augen. Er erschrak ein wenig vor diesem Blick.

„Bitte“, fügte er hinzu, „gehen Sie doch!“ Chembert hielt den Mantel so, als sei er ein lebendiger Leopard, im Begriff, einen Gegner anzuspringen.

„Morgen um zehn Uhr möchte ich mit Ihnen sprechen!“

Er sagte hierzu weder ja noch nein, sondern fuhr sich

mit zwei Fingern hinter dem Hemdkragen entlang, um besser atmen zu können.

Nicole nickte dem Herrn, der ihr die Nelke überreicht hatte, noch einmal freundlich zu und verließ den Vorführraum. Sprachlos und wütend blieb Herr Chembert zurück. Es gelang ihm nicht sofort, das Lächeln, das er seiner Kundschaft schuldete, wiederzufinden.

Nicole hatte noch keine Lust, nach Hause zu gehen. Sie fuhr erst einmal zum Opernplatz hinüber. Hinter dem großen Warenhaus gab es eine Straße, in der man um diese Zeit gewiß einen Parkplatz finden konnte.

Es war eine so herrliche Sommernacht, die Luft jedoch schon angenehm frisch. Bald würde der Herbst da sein, deshalb mußte man die letzte Pracht des entschwindenden Sommers noch genießen. Sie schlenderte die Straße entlang und überlegte, was sie tun könne. Irgendwo im Freien eine Tasse Kaffee trinken, das wäre gut.

Vor dem Café de la Paix waren die Tische dicht besetzt; es schien aussichtslos, nach einem Platz zu suchen. Die Kellner liefen eilig hin und her und schoben sich durch, so gut es ging. Sie trugen Tabletts mit eisgekühlten Getränken, Kaffeekännchen und Karaffen mit Eiswasser. Ganz hinten in der Ecke entdeckte Nicole doch noch einen leeren Stuhl. Es war gar nicht einfach, dorthin zu gelangen. Sie mußte sich fast wie eine Schlange durchwinden. „Bitte“, man rückte ein wenig zur Seite. „Danke!“ Viele Male sagte sie es, bis sie endlich zu dem Stuhl gelangte.

So, nun konnte sie für eine Weile das nächtliche Treiben auf dem Boulevard beobachten. Eine Doppelreihe von Bäumen grenzte ihn ab. Dazwischen floß der Strom der Autos, auf den Gehwegen promenierten Scharen von Menschen. Straßenhändler boten ihre Ware an, orientalische Gebetsteppiche, Filigranarbeiten, bunt gestickte Lederkissen, ein farbiges Sammelsurium aller möglichen Dinge konnte man kaufen, wenn man wollte. Eine Chinesin in der Kleidung ihres Landes trippelte über die Straße, ein Marokkaner in weißem Burnus ging vorbei. Es war nicht einen Augenblick langweilig. Nicoles Gedanken waren jedoch nicht hier. Sie dachte an den Leopardenmantel. Mit dem Strohhalm sog sie den Rest des Eiskaffees aus dem hohen Glas. Herr Chembert fiel ihr ein. Wie zornig er geworden war; er hatte sich ausgesprochen schlecht benommen. Wüßte sie nicht sicher, daß er mit dem Diebstahl nichts zu tun haben konnte, so würde sie sein Betragen einem schlechten Gewissen zuschreiben. Seine Abneigung gegen die Kriminalpolizei mußte sehr groß sein, wenn er so gänzlich jede Höflichkeit vergaß. Allerdings war es ja so, daß es den meisten Geschäftsleuten durchaus nicht paßte, wenn Beamte zu ihnen kamen, ganz gleich, aus welchem Grund. Sie fürchteten ganz einfach den Klatsch und die Beeinträchtigung ihres guten Rufes.

Nicole überlegte weiter: Weder Labin noch sie waren der Aufklärung des Pelzdiebstahls näher gekommen. Interpol hatte hinsichtlich des Frankfurter Einbruchs auch nichts mehr hören lassen. Wahrscheinlich war dieser Jan Barnekow bei seiner Behauptung geblieben, daß er das Bündel Felle auf der Straße gefunden habe. Konnte ihm nichts anderes bewiesen werden, so mußte man ihn laufenlassen. Aber – wohin konnten die Felle dann gebracht worden sein?

Nicole schrak aus ihren Überlegungen erst auf, als zwei Männer auf dem Gehweg miteinander in Streit gerieten. Sie gestikulierten wild mit den Händen, rollten die Augen, und es sah so aus, als wollten sie gleich aufeinander losgehen. Plötzlich verschwanden sie so schnell, wie sie gekommen waren, weil an der Ecke ein Polizist auftauchte. Alle lachten.

Es war kurz vor elf Uhr. Nicole beschloß, bei Onkel Jules vorbeizufahren. Wenn sie Glück hatte, war er noch auf. Sie bezahlte und wand sich ebenso mühselig wieder zum Ausgang zurück, wie sie vorher zu dem Stuhl in der Ecke gelangt war.

Onkel Jules wohnte in der Rue Bois le Vent, Nummer 26. Es war ohnehin nur ein kleiner Umweg bei ihrer Nachhausefahrt. Sie parkte ihren Wagen auf der gegenüberliegenden Straßenseite, der mit den ungeraden Hausnummern, vor denen heute nacht das Parken erlaubt war.

Kriminalrat Angelot hatte noch Licht in seinem Zimmer. Nicole ließ den vereinbarten Pfiff ertönen c-e-g-c. War ihrem Onkel ihr Besuch recht, so würde er in der umgekehrten Tonfolge antworten, also c-g-e-c. Sie hatten mit Absicht dieses einfache Signal ausgemacht, weil es leicht zu pfeifen und gut zu unterscheiden war.

Kaum hatte Nicole zum zweitenmal gepfiffen, als sich im ersten Stock ein Fenster öffnete und gleich darauf die Schlüssel, sorgsam in Zeitungspapier eingewikkelt, auf das Pflaster klatschten. Seit Monaten gab es schon keine Hausmeisterin mehr, deshalb blieb die Haustür Tag und Nacht abgeschlossen.

Onkel Jules erwartete Nicole, als sie aus dem Aufzug trat. „Nanu, was hast du so spät noch auf dem Herzen?“ fragte er und küßte sie links und rechts auf die Wange.

„Hoffentlich störe ich dich nicht, Onkel Jules?“ sagte sie.

„Du weißt, für dich habe ich immer Zeit!“ Herr Angelot führte seine Nichte durch den schmalen Korridor in ein großes Zimmer, dessen hohes Fenster die ganze Breite einnahm. Außer diesem atelierähnlichen Raum besaß er nur noch ein Schlafzimmer, ein Bad und eine kleine Küche. Eine steile Wendeltreppe führte zu einer Empore hinauf, wo er in Regalen seine Bücher aufbewahrte. Hier hatte Nicole während ihrer Studienzeit oft gesessen, denn Onkel Jules verfügte über eine so umfangreiche Fachliteratur, daß sie sich kaum je ein Buch hatte zu kaufen brauchen. Aber – er lieh nie eines davon aus. Hier durfte sie lesen und Notizen machen, so lange und so oft sie wollte, nur mit nach Hause nehmen durfte sie keines der Bücher oder Manuskripte. Er wollte seine Ordnung haben.

„Du hast wieder viel zuviel geraucht“, sagte Nicole vorwurfsvoll und deutete auf den Aschenbecher.

„Willst du wohl aufhören, mich zu tyrannisieren“, erwiderte der Onkel schmunzelnd, denn im Grunde seines Herzens tat ihm ihre Fürsorge wohl. „Mir reichen die Vorwürfe deiner lieben Mutter!“

Jetzt lachte auch Nicole. „Weißt du, in dieser Beziehung bin ich nicht besser dran als du. Könntest du mir etwas Kaltes zum Trinken spendieren, Onkel?“

„Komm mit in die Küche!“ Während sie unter seiner Anleitung Zitronen auspreßte und den Saft auf zwei Gläser verteilte, öffnete Herr Angelot eine Flasche Sodawasser und schüttete es in die Gläser. In das seine gab er noch einen Schuß Gin. „Nimm nicht versehentlich das falsche Glas“, ermahnte er seine Nichte. Nicole mochte zwar ein bißchen Gin im Zitronensprudel recht gern, wenn sie jedoch mit dem Wagen unterwegs war, trank sie grundsätzlich keinen Tropfen Alkohol.

„So“, sagte Onkel Jules, als sie gemütlich in zwei tiefen Sesseln saßen, „was hast du nun auf dem Herzen?“

Nicole erzählte ihm von der Modenschau im Hause Chembert und von dem seltsamen Benehmen des Geschäftsinhabers. „Ob er vielleicht doch mit einem Hehler in Verbindung steht?“

Herr Angelot schüttelte den Kopf. „Ausgeschlossen, ich kenne ihn. Chembert ist einwandfrei, dafür verbürge ich mich. Aber dein Zusammenstoß mit Chembert – das ist peinlich. Du hättest dich besser beherrschen müssen. Unter keinen Umständen hättest du mit

Beschlagnahme drohen dürfen, denn dazu hattest du kein Recht. Tststs, das wird Ärger geben! Ich bin sicher, er wird sich wegen deines Besuches beschweren, und er hat einflußreiche Freunde."

Nicole machte ein unglückliches Gesicht. Da hatte man ihr zum erstenmal einen größeren Fall mit anvertraut, und schon verpatzte sie etwas dabei. Wenn sie es sich jetzt noch einmal überlegte, war sie wirklich recht ungeschickt vorgegangen.

„Na, na, na", tröstete Onkel Jules sie. „Wir werden das schon in Ordnung bringen. Die Beschwerde landet bei mir. Ich werde dir eine Rüge verpassen, offiziell, und damit ist die Sache erledigt."

„Kannst du mir erklären, weshalb Chembert sich so eigenartig benommen hat?"

„Das kann ich", erwiderte Herr Angelot. Er setzte Nicole auseinander, welche Blamage es für die Firma gewesen wäre, hätte man erfahren, daß die Kriminalpolizei im Hause wegen gestohlener Felle ermittelte. „Du siehst zwar nicht wie ein Bulle aus, hätte dich aber jemand erkannt oder wäre eine Angestellte argwöhnisch geworden, schon wäre der gute Ruf des Hauses Chembert in Frage gestellt.

„Was hältst du davon, wenn ich morgen zu ihm gehe und wenn ich mich . . ."

„Dich zu entschuldigen, wird nicht viel Zweck haben. Versuchen kannst du es aber immerhin."

„Ich werde ihn zugleich um seinen fachlichen Rat bitten", sagte Nicole.

„Hm, das könnte ihn vielleicht freundlicher stimmen. Es würde seiner Eitelkeit schmeicheln. Ja, das tu!" rief Herr Angelot, „Übrigens, ist morgen nicht Modenschau bei Revillon?"

„Ja, aber wie komme ich da hinein, ohne mich als Kriminalbeamtin zu erkennen zu geben?"

„Ich verschaffe dir eine Einladung durch den Präsidenten der Handelskammer. Hol sie dir morgen nachmittag bei mir im Büro ab!"

Nicole sprang auf. „Du bist großartig, Onkel Jules! Darf ich denn weiter an dem Fall mitarbeiten?"

„Natürlich! Glaubst du denn, ich hätte am Anfang meiner Laufbahn keine Böcke geschossen? Das gehört dazu. Auf alle Fälle weißt du jetzt, daß man nicht diskret genug vorgehen kann, wenn man es mit einflußreichen Leuten zu tun hat. So, und nun mach, daß du nach Hause kommst!" Er schob sie liebevoll, aber energisch zur Tür hinaus.

Nicole konnte es kaum erwarten, bis die Zeit für einen Besuch bei Chembert gekommen war. Mit dem Glokkenschlag zehn betrat sie das Haus. Hoffentlich wies man sie nicht ab. Die Sekretärin kehrte schon nach wenigen Minuten zurück und sagte: „Herr Chembert läßt bitten!"

Mit ihrem liebenswürdigsten Lächeln ging Nicole auf ihn zu und sagte: „Bitte, Herr Chembert, verzeihen Sie mein gestriges Benehmen. Ich habe es bereits meinem Chef gestanden und dafür eine Rüge erhalten."

„Ich weiß", erwiderte er. „Aber wollen Sie nicht Platz nehmen?"

„Sie wissen es?" stotterte Nicole. „Woher?"

„Man hat mich gebeten, auf meine Beschwerde über Sie zu verzichten. Sie können sich überzeugen; ich habe den Brief in den Papierkorb geworfen." Er nahm einen Bogen Papier aus dem mit Brokat überzogenen Papierkorb, zerriß ihn in kleine Fetzen und warf sie, ein wenig theatralisch, wieder hinein. „So, und nun sagen Sie mir, was Sie wollen."

Nicole berichtete ihm von ihrer Jagd auf die Felle des Leopardenmantels, von ihrer Vermutung, daß diese Felle ins Ausland gebracht worden seien und von dort vielleicht wieder nach Paris kommen könnten.

„Sie haben mir so etwas doch nicht im Ernst zugetraut?" fragte Herr Chembert ehrlich entrüstet.

„Nein, sicher nicht! Aber wäre es nicht möglich, daß man Ihnen, ohne Ihr Wissen, die gestohlenen Felle verkauft? Es gibt, wie man mir sagte, so wenige Somalileoparden, daß Sie vielleicht einer Kundin zuliebe doch zugreifen würden."

Chembert kratzte sich nachdenklich an der Stirn. Er kannte seine Lieferanten seit vielen Jahren als solide, aber ... wäre es nicht möglich, daß er ein solches Stück von einem weniger bekannten Händler gekauft hätte, um eine feste Kundin zufriedenzustellen? Wie sollte er wissen, ob Felle, die ihm ein Händler anbot, gestohlen waren oder nicht? Gestohlene Fertigwaren konnte man viel leichter identifizieren als Rohfelle.

„Somalileoparden!" sagte er. Kaum anzunehmen, daß Bertelot sich solch ausgesuchte Felle leisten konnte, wie er sie beschrieben hatte. Und das sagte er auch. Nicole hütete sich, ihm zu widersprechen. Wenn man Herrn Bertelot hörte, waren es die schönsten Felle gewesen, die überhaupt existierten.

„Leider kann ich Ihnen den Mantel nicht mehr zeigen, er ist bereits an die Kundin geliefert worden. Ich gebe zu, ich war gestern über Gebühr erregt; aber bedenken Sie, Fräulein Angelot, wenn die Prinzessin etwas darüber erfahren hätte, das hätte einen Riesenskandal gegeben. Sie ist meine beste Kundin, und sie gibt in der Gesellschaft den Ton an."

Nicole hätte Herrn Chembert damit beruhigen können, daß die Haare, die sie gestern abend ausgezupft hatte, nicht mit denen von Herrn Bertelots Leoparden identisch waren. Das hatte sie zwar von Anfang an vermutet, die Haare aber trotzdem zur Prüfung ins Labor gegeben. „Ich wäre Ihnen dankbar, wenn Sie bei Ihren Einkäufen auf Somalileopardenfelle achten und gegebenenfalls feststellen wollten, wer sie anbietet."

„Selbstverständlich werde ich ein Auge darauf haben, aber ich glaube kaum, daß offiziell noch Somalis angeboten werden. Ein seriöser Kürschner würde sie niemals unter der Hand verkaufen. Ich fliege ... warten Sie einen Augenblick ...", er blätterte in seinem Kalender, „Mitte Oktober nach Moskau und mache auf der Rückreise in Frankfurt Station."

Herr Chembert unterhielt sich noch eine Weile sehr

angeregt mit Nicole und ließ sich aus ihrem Beruf erzählen, bis Frau Chembert hereinkam und ihn daran erinnerte, daß er ja eigentlich überhaupt keine Zeit habe. „Sie müssen verstehen", wandte sie sich an Nicole, „wir erwarten noch Bestellungen und müssen vorher die gestrigen erledigen."

Nicole entschuldigte sich noch einmal und verließ die Chemberts mit dem Bewußtsein, ihren Fehler gutgemacht zu haben. Sicher war sie nicht weitergekommen, aber die Aufklärung eines Falles bestand ja selten in einem unmittelbaren Erfoig, sondern gewöhnlich aus vielen kleinen Ermittlungen, die, richtig zusammengesetzt, eines Tages ein Ganzes ergeben mußten.

Nicole fuhr ins Präsidium zurück, um sich mit Inspektor Labin zu besprechen. Er saß mit hochrotem Kopf vor einigen Listen.

„Alles Blech", knurrte er. „Nicht eine einzige verdächtige Person gefunden!" Mit Hilfe eines Kollegen hatte er alle auf der Liste verzeichneten Einkäuferinnen und Einkäufer überprüft, diskret natürlich. Es waren alles Leute, die schon seit Jahren geschäftlich nach Paris kamen. Die wenigen Neuen darunter vertraten nur erste Firmen. Labin nahm sich vor, einige der Polizei bekannte Hehler zu befragen. Das würde seiner Meinung nach sinnvoller sein. Er ließ sich von Nicole die Karteikarten heraussuchen; sollte sie sich nur mit dem Computer herumschlagen.

Da war Louis, der bekannteste unter den Hehlern. Dann konnte man noch Edouard befragen, der vom

Brillantkollier bis zum Frack alles verschob, was ihm in die Finger geriet. Die anderen ließ er zunächst liegen, das waren lauter kleine Würstchen, die sich kaum an wertvolle Sachen heranwagten. Louis und Edouard bestellte er zu sich ins Büro. Sie zeigten sich im Präsidium gesprächiger, als wenn man sie zu Hause aufsuchte.

„Wollen Sie dabeisein, wenn ich sie in die Mangel nehme?“ fragte Labin. Das wollte Nicole selbstverständlich. Jede Vernehmung war schon von den verschiedenen Reaktionen der Befragten her interessant. Wie oft hatte sie sich darüber mit Reginald Warren unterhalten.

„Ich bestelle Louis für morgen früh sieben Uhr“, bestimmte der Inspektor. „Er steht nicht gern zeitig auf; daher kann man um diese Zeit viel mehr mit ihm anfangen.“

Labin verstand sein Handwerk hervorragend. Infolge der Aufforderung, ins Präsidium zu kommen, hatten die Leute ohnehin eine schlaflose Nacht hinter sich, denn keiner von ihnen besaß ein ganz reines Gewissen. Sie überlegten, was man wohl von ihnen wolle, hierdurch waren sie aufgeregt und widersprachen sich öfter. Man konnte zwar dagegenhalten, daß sie dann auch mehr Zeit gehabt hatten, um sich eine Ausrede zurechtzulegen, aber sie wußten ja nicht, um was es ging. Labin war ein Meister im Ausfragen, ohne daß er je grob wurde oder gar laut. Man fürchtete seine Tricks weit mehr als die polternde und manchmal drohende Art seiner Kollegen.

„Ich werde rechtzeitig da sein“, sagte sie. Das Frühaufstehen machte ihr nichts aus; im Gegenteil, sie war munter und einsatzbereit, sobald sie erwachte. „Haben Sie eigentlich von Interpol in Sachen Frankfurt etwas gehört?“ Labin schüttelte den Kopf. „Ich rufe dort mal an und frage, was aus diesem Barnekow geworden ist.“

„Kann nichts schaden.“

Leider konnte man ihr nichts Neues berichten. Man habe ihm nicht das geringste nachweisen können, habe ihn zwar eine Weile überwacht, aber ergeben habe sich nichts Verdächtiges. Er gehe einem Beruf nach, das heiße, er vertrete eine Staubsaugerfirma. Abends bleibe er meist zu Hause, und wenn er ausgehe, dann höchstens einmal ins Kino oder ein Bier trinken. Falls irgend etwas über den Diebstahl in der Kürschnerei bekannt werde, würde man Paris sofort verständigen. Man bitte, da vermutlich Zusammenhänge bestünden, um das gleiche seitens des Pariser Präsidiums. Nicole bedankte sich und legte auf. Wieder nichts!

Komplizen unter sich

Jan Barnekow war äußerst vorsichtig geworden. Er wußte genau, daß die Kriminalpolizei ihn nicht so ohne weiteres aus den Augen lassen würde. Deshalb zog er es vor, zu arbeiten. Das kam ihn freilich hart an, aber einige Monate lang mußte er schon durchhalten. Tagaus, tagein war er unterwegs, um Staubsauger anzubieten, und er machte ganz gute Geschäfte dabei. Allmählich hatte er den Dreh heraus, wie man mit den Hausfrauen umspringen muß. Es beunruhigte ihn nur, daß er von seinen Komplizen nichts mehr hörte. Die schienen ja wie vom Erdboden verschwunden zu sein. Vor allem interessierte ihn, was der Chef zu der Panne, die ihm passiert war, gesagt hatte. Daß er das Bündel Felle heimlich beiseite geschafft hatte, würden die anderen ihm sehr übelnehmen; und sie hatten recht damit, das sah er jetzt ein. Die Nerze waren damals versehentlich im Lastwagen liegengeblieben, da hatte er sie dann einfach mitgenommen. Trotzdem – es verstieß gegen die Ganovenehre, sich gegenseitig zu bemogeln. Hoffentlich schlossen sie ihn nicht von den weiteren Unternehmungen aus oder verweigerten ihm seinen Anteil an der letzten Beute. Er mußte Gewißheit haben, deshalb beschloß er, Werter aufzusuchen.

Barnekow sah im Adreßbuch nach, wer noch in dem Haus wohnte, in dem sein Freund als Untermieter ein Zimmer hatte. Werters Wirtin, das wußte er, arbeitete über das Wochenende als Kellnerin. Heute war Sonnabend und sein Freund würde daher wohl allein zu Hause sein.

Gegen drei Uhr läutete er zunächst im dritten Stock. Es war niemand da. Dann versuchte er es in der linken Wohnung, aber hier wurde er wenig freundlich empfangen. Kaum hatte er mit seinem Werbespruch begonnen, als man ihm auch schon die Tür wieder vor der Nase zuschlug.

Auf sein Klingeln an der rechten Wohnungstür öffnete, wie erwartet, sein Komplize selbst. Mit vor Staunen aufgerissenen Augen starrte dieser den Besucher an, der warnend zwei Finger auf den Mund legte. Er wollte nicht, daß Werter ihn als Bekannten begrüßte für den Fall, daß jemand mithörte. Vor kurzem erst hatte er gemerkt, wie einer von der Kripo, der ihn überwachte, die Haustür geöffnet hatte, um hören zu können, was er mit den Leuten, die er aufsuchte, sprach. Seit zwei Wochen glaubte er allerdings, nicht mehr überwacht zu werden; das konnte aber auch nur ein Trick sein, um ihn sicher zu machen.

„Könnte ich Frau Bauer sprechen?" fragte er ziemlich laut.

„Sie ist nicht zu Hause."

„Schade, ich erfuhr, daß sie einen Staubsauger kaufen will und hätte ihr gern das neueste Modell vorgeführt."

„Das muß ein Irrtum sein, Frau Bauer hat ein fast neues Gerät", sagte Werter ebenso laut. Zwischen den Zähnen zischte er: „Verschwinde!"

„Irgend jemand hat mir Frau Bauers Adresse gegeben. Entschuldigen Sie die Störung!" Dabei drückte er ihm einen Zettel in die Hand. Werter schlug zornig die Flurtür zu. So ein Idiot! Der Chef hatte befohlen, keinen Kontakt aufzunehmen; jeder von ihnen sollte untertauchen, bis sie wieder zusammengerufen wurden, und dieser Hornochse kam zu ihm in die Wohnung getrabt. Wäre er doch nur gleich in die Schweiz gefahren, als er von Barnekows Verhaftung gehört hatte. Auf dem Zettel stand: „Erwarte dich heute abend gegen zehn Uhr im ‚Krokodil'."

Er zerriß das Papier in winzige Fetzen, warf sie ins Klosett und spülte sie hinunter.

Anfangs dachte er daran, nicht in das Lokal zu gehen, aber dann würde Barnekow womöglich wiederkommen. Gut, er würde sich also mit ihm treffen und ihm kurz und gründlich die Meinung sagen. Das „Krokodil“ war eine Art Schnellgaststätte, wo stets viel Betrieb herrschte. Da fiel es nicht weiter auf, wenn man mit einem anderen Gast ein paar Worte wechselte. Er würde einen kleinen Tisch wählen, so daß sich niemand anders zu ihnen setzen konnte.

Werter war wütend. Seine Laune wurde nicht besser, als es zu regnen begann. Barnekow kam pünktlich. Er fragte, ob der Platz noch frei sei. Selbst ein in der Nähe sitzender Beobachter wäre wohl kaum auf den Gedanken gekommen, daß die beiden sich kannten. Werter nahm zunächst gar keine Notiz von Barnekow, sondern las weiter in seiner Zeitung.

„Was sagen Sie dazu?“ fragte Barnekow, als Werter umblätterte, und zeigte auf eine fettgedruckte Spalte. „Gut, nicht wahr?“ Werter brummte Zustimmung.

„Unverantwortlich, diese Autofahrer“, fuhr Barnekow fort. „Wenn ich zuviel getrunken habe, laß' ich meinen Wagen stehen und geh' zu Fuß.“

„Ich habe keinen Wagen“, erwiderte Werter abweisend. Barnekow gab nicht auf, und endlich schienen sie in ein lebhaftes Gespräch zu kommen. Zwischendurch fragte Werter leise: „Wie steht's mit der Kripo, wirst du überwacht?“

„Ich glaube, seit kurzem nicht mehr. Muß denen zu dumm geworden sein. Auf alle Fälle hab' ich in meinem Zimmer das Licht brennen lassen und das Haus über den Hinterhof und durch einen Keller, der auf eine andere Straße führt, verlassen. Mein Freund und Helfer, die Polizei, nimmt an, ich sitze jetzt brav zu Hause, zumal mein Wagen vor der Haustür steht. Ich habe drei Möglichkeiten, ungeschoren verschwinden zu können. Glaube kaum, daß die Kripo sie kennt."

Sie schwiegen wieder für eine Weile. Barnekow, der sich an der Theke ein Bier und heiße Würstchen geholt hatte, fragte: „Was hat Mac Ghee geschrieben?"

„Das teilt er dir gelegentlich selber mit. Befehl ist: gegenseitig keinen Kontakt aufnehmen, nicht auffallen, eisern den Mund halten!"

„Aus mir haben sie nichts herausgebracht, und ich schweige auch weiterhin."

„Das wollen wir dir nur geraten haben", erwiderte Werter drohend.

„Und wie ist's mit unserem nächsten Zusammentreffen?"

„Du kannst nicht mit; das ist zu gefährlich. Man wird dir Nachricht geben, was der Chef beschlossen hat."

„Laßt euch bloß nicht einfallen, mich auszubooten!" erwiderte Barnekow.

„Hast du was anderes verdient, du hinterhältiger Lump?" sagte Werter mit gedämpfter Stimme.

„Hättest du die Felle vielleicht auf dem Fundbüro abgeliefert?"

Sie schwiegen wieder eine gute Weile. „Was machst du augenblicklich?" fragte Barnekow.

„Ich bin Verkäufer in einem kleinen Geschäft. Da kann man viel besser untertauchen als in einem großen

Betrieb, wo ständig kontrolliert wird." Laut fuhr er fort: „Meine Urlaubsreise mache ich diesmal wahrscheinlich nach Italien, mit einer Reisegesellschaft. Das ist billiger." Werter faltete die Zeitung zusammen und steckte sie ein. „Wahrscheinlich haue ich ab in die Schweiz", flüsterte er.

„Und was wird weiter? Was wollt ihr tun?"

Werter zuckte lässig mit den Achseln. „Der Regen läßt nach!" sagte er, stand auf, tippte mit zwei Fingern an seinen Hutrand und ging.

Barnekow kochte vor Wut. Doch was blieb ihm anderes übrig, als zu warten? Im Augenblick konnte er es keinesfalls riskieren, Deutschland zu verlassen, ohne daß man Interpol auf ihn ansetzte. In dem Fall hetzte er aber auch seinen Komplizen die Polizei auf den Hals. Mac Ghee würde ihn glatt fertigmachen, wenn er es wagte, ihn durch sein Erscheinen zu gefährden.

Auf dem gleichen Weg, nämlich durch den Keller der Nebenstraße und über den Hinterhof, gelangte er wieder in sein Zimmer. Er löschte das Licht, und bald darauf sah er durch eine Spalte des Vorhangs, wie ein völlig durchnäßter Mann seinen Posten auf der anderen Straßenseite verließ. Sie hatten ihn also doch mal wieder im Auge. Seine Vorsichtsmaßnahme war berechtigt gewesen.

Vernehmung der Hehler Louis und Edouard

Nicole hatte den Wecker auf fünf Uhr gestellt. Sie haßte es, sich in der Frühe hetzen zu müssen, viel lieber stand sie rechtzeitig auf. Gutgelaunt frühstückte sie, um ihre Mutter nicht zu wecken, in der Küche. Sie sah auf die Uhr. Es war noch genügend Zeit, um in den Bois zu fahren und ein paar Schritte zu gehen. Ihr Judolehrer hatte ihr gesagt, man müsse jede Gelegenheit nutzen, sich Bewegung zu machen, wenn man so viel im Büro und im Auto sitze wie sie.

Das Wetter war mild und angenehm. Ein feiner bläulicher Dunst lag noch über dem großen Park. Reiter trabten vorbei, aber nur wenige Spaziergänger waren zu sehen. Hier und dort saßen ein paar Frühaufsteher auf den Bänken. Nicole ging ein halbes dutzendmal um das Rondell, ehe sie wieder in ihren Wagen stieg.

Jetzt wurde es Zeit, denn der Verkehr begann zu rollen. Also – nichts wie hinein in den Hexenkessel. Rotes Licht, grünes Licht – halt! Wieder rot, Bremsenkreischen, die Meute der Wagen hielt!

Grünes Licht, weiter, weiter, weiter. Um den Triumphbogen herum – schneller schalten. Da, eine Wendung, fast Rad an Rad die Wagen und endlich die Einfahrt ins Präsidium.

Nicole atmete auf. Man durfte doch keine Sekunde die Gedanken abschweifen lassen, sonst baute man einen Unfall.

Es war ein Viertel vor sieben, als sie ihr Zimmer betrat. Es roch, wie immer, nach alten Möbeln und Akten. Das einzig Moderne waren der Fernseh- und der Radioapparat und, nicht zu vergessen, eine Zentralheizung und eine Klimaanlage. Inspektor Labin war noch nicht da, aber im Wartezimmer saßen bereits mehrere Männer und Frauen. Ob Louis, der Hehler, auch darunter war, konnte sie nicht feststellen. Sie hatte sich zwar sein Gesicht nach dem Photo auf der Karteikarte eingeprägt, aber die Glastür zum Wartezimmer erlaubte nur einen begrenzten Blick in das Innere des Raumes. Das Schimpfen und Murren der Wartenden verstummte jedesmal für kurze Zeit, sobald ein Beamter vorüberging, und setzte doppelt so laut wieder ein, wenn er außer Hörweite war. Auch als Nicole vorbeiging, wurde es still. Punkt sieben erschien Inspektor Labin. Er hatte sich Louis gleich aus dem Wartezimmer gefischt und brachte ihn mit.

„Setzen Sie sich!" sagte er und schob einen Stuhl für ihn vor den Schreibtisch, so daß das Licht vom Fenster her direkt auf dessen Gesicht fiel. Labin zog die Lade auf und kramte darin herum. Nicole wußte, daß er damit den zu Vernehmenden mürbe zu machen versuchte. Louis saß da und drehte verlegen seine Mütze zwischen den Fingern. Abwechselnd sah er den Inspektor und Nicole an, die er für eine Schreibkraft hielt. Was die Kripo wohl von ihm wollte, überlegte er. Er war sich keines Vergehens bewußt. Die paar Betrügereien der letzten Zeit waren ja nur Bagatellen, die zählten für die Kripo nicht. Deswegen würden sie im Präsidium keine Zeit mit ihm verschwenden. Noch immer suchte Labin etwas in seiner Schreibtischlade. Kleine Schweißperlen erschienen auf Louis' Stirn. Der Inspektor musterte ihn von Zeit zu Zeit und blätterte in einer Akte, als ob er etwas vergleichen müsse. Wollte man ihm etwas anhängen, was er gar nicht getan hatte? Nicole konnte sich ungefähr vorstellen, was Louis dachte. Bald würde er weich sein wie ein geklopftes Steak. Außer dem Rascheln des Papiers und dem schweren Atmen des Hehlers war kein Laut zu hören.

„Ich war es nicht", stieß Louis endlich hervor.

„So, du warst es nicht! Wer war es dann?" fragte Labin väterlich mild. „Spucke es aus, wer war es?"

„Ich weiß es nicht!"

„Schade, wenn du es gewußt hättest, hätte ich vielleicht andere Kleinigkeiten übersehen!"

Louis sah verzweifelt auf Nicole. Wenn die ihm nur einen Wink geben wollte, wovon der Inspektor redete. Es gab da einige Sachen, die nicht ganz hasenrein waren und von denen Louis wußte, aber welche meinte Labin?

„Das Fräulein Angelot kann dir nicht helfen. Also packe aus! Wer war es?"

Louis packte in der Tat dies und jenes aus, von dem er Kenntnis hatte, aber von den gestohlenen Fellen war leider nicht die Rede.

„So, Louis, das reicht! Für heute laß ich dich laufen, allerdings nur unter einer Bedingung: Du meldest dich sofort bei mir, wenn du in Ganovenkreisen etwas über den Pelzdiebstahl in der Firma Bertelot hörst!"

„Pelzdiebstahl?" tat Louis verwundert.

„Ja, der Großdiebstahl bei Bertelot. Tu nicht so, als ob du nichts davon wüßtest! Ihr habt doch sicher untereinander darüber gesprochen, oder nicht?"

Louis blieb dabei, er wisse nichts und versprach das Blaue vom Himmel für den Fall, daß er etwas darüber in Erfahrung bringen könne. Wie der Blitz war er zur Tür hinaus, als Labin ihn entließ.

Mit Edouard würde es nicht ganz so einfach sein. Der war gerissener; ein ganz hartgesottener Bursche. Labin drückte auf den Klingelknopf und befahl dem eintretenden Polizeibeamten, Edouard Mangin hereinzubringen. Ihn mußte er ganz anders anfassen als Louis.

„Nehmen Sie Platz, Mangin", begann der Inspektor.

„Hach, wie vornehm man hier behandelt wird", spöttelte Edouard. Gleichzeitig verbeugte er sich vor Nicole. Hübsch war die, das stellte er sogleich fest. Nicole musterte ihn von oben bis unten. Seltsam sah der Bursche aus. Zu hellen Hosen trug er ein hellblaukariertes Jackett; um den Strohhut, den er auf dem Schreibtisch ablegte, war ein blaues Band geschlungen. Als er sich endlich dazu bequemte, Platz zu nehmen und dabei die Hosenbeine etwas in die Höhe zog, sahen himmelblaue Ringelsocken hervor. Labin schob den Strohhut vom Schreibtisch, so daß er Edouard in den Schoß fiel.

„Bitte", sagte der und verbeugte sich im Sitzen noch einmal. „Womit kann ich dienen?" Mit der Hand fuhr er sich über das von Brillantine glänzende schwarze Haar, und dabei lächelete er frech. Das Lachen verging ihm allerdings sehr schnell. Labin war der Überzeugung, man müsse Edouard hart anfassen und ihn kurzhalten. Je länger man seine Ausreden duldete, desto mehr würde man angelogen werden.

„Wie war das mit den Pelzen, Mangin? Packen Sie aus, wir wissen so ziemlich Bescheid!“

Edouard klappte der Mund zu, und Inspektor Labin legte die Zigarette aus der Hand.

„Los, Mangin, soll ich Ihrem Gedächtnis nachhelfen?“ Edouard rieß es hoch; und dann fiel er wieder auf den Stuhl zurück. Warum nur hatte er sich beschwatzen lassen und Mimmi den Pelzmantel geschenkt? Jetzt saß er drin. Hätte er ihn anderswo untergebracht, in Marseille oder sonstwo, kein Hahn hätte mehr danach gekräht. Aber Mimmi hatte ihn ja unbedingt haben müssen. Wahrscheinlich hatte ihn irgendeine Freundin aus Rache verpfiffen. Ob man es mit einer Ausrede versuchen sollte?

Nicole ließ ihn nicht aus den Augen; sie studierte jede Regung seines Gesichts, während Labin ihn in der Mangel hatte. Es würde auch bei ihm nicht mehr lange dauern und er würde auspacken, weil er einsah, daß er mit Lügen hier nicht weiterkam.

„Das war so“, begann Edouard. „Die Mimmi ...“

„Mimmi interessiert mich zunächst nicht. Was haben Sie mit den Pelzen gemacht? Wer hat sie Ihnen gegeben?“

„Wer war denn das ...“ Edouard kratzte sich am Kopf. „Wissen Sie, mir wird täglich so vieles angeboten, da weißt ich das nicht mehr so genau. In meinem Geschäft ...“

„Sie kennen doch die Vorschrift für Altwarenhändler, daß Sie sich Namen und Adresse des Verkäufers angeben und seinen Ausweis zeigen lassen müssen?“

„Natürlich! Sicher steht das auch in meinem Eingangsbuch, nur im Augenblick ...“, stotterte Edouard.

„Wir werden das feststellen“, bemerkte Labin.

„Mimmi lag mir wegen eines Pelzmantels schon lange in den Ohren, und als mir einer über den Weg kam, hab’ ich ihn ihr geschenkt.“

„Sagen Sie bloß nicht, Sie hätten die Pelze auf der Straße gefunden. Ich wäre imstande, es Ihnen zu glauben“, spottete der Inspektor.

„Pelze, ich höre immer Pelze“, erwiderte Edouard. „Es war nur ein Mantel dabei. Den ganzen Kram habe ich von Fiffi gekauft.“

„Was verstehen Sie unter Kram, Mangin? Los, lassen Sie sich nicht jedes Wort aus der Nase ziehen. Übrigens: Fiffi ist erst vor drei Monaten aus dem Gefängnis entlassen worden.“

„Weiß ich, wann Fiffi die Sachen geklaut hat?“ erwiderte Edouard frech.

„Also, da werden wir mal bei Ihnen eine kleine Haussuchung veranstalten und die Bücher prüfen, damit wir sehen, was Sie zusammengekauft haben.“

Gerade das wollte Edouard aber vermeiden, wenigstens so lange, bis er alles in Ordnung gebracht, das heißt, bis er die Sachen aus dem Haus geschafft hatte, über deren Herkunft er keinen Nachweis erbringen konnte.

„Wenn Sie nicht verraten, daß ich’s Ihnen gesagt hab’, könnte mir’s direkt einfallen, wo Fiffi den Pelzmantel her hat.“

„Das kann ich Ihnen auch sagen, Mangin“, erwiderte der Inspektor. „Er stammt aus dem Einbruch bei Bertelot.“ Labin wartete gespannt darauf, was Mangin antworten werde. Noch gespannter war Nicole. Sie fühlte ein wenig Eifersucht, weil es Labin so mühelos zu gelingen schien, den Diebstahl aufzuklären.

„Da liegen Sie aber ganz falsch, Herr Inspektor“, rief Edouard, der seine Dreistigkeit wiedergewann. „Fiffi hat die Villa in Neuilly ausgenommen!“

„Ach“, Labin konnte seine Enttäuschung nur schwer verbergen, „und daher stammt der Pelzmantel?“

„So behauptet Fiffi. Ein wenig abgetragen ist der Nerz an den Rändern“, erklärte Edouard.

„Wir werden der Sache nachgehen. Unterschreiben Sie das Protokoll, Mangin!“ Nicole schob ihm das Schriftstück zu, das während der Vernehmung in die Maschine getippt worden war.

„Sie haben mir versprochen, Fiffi erfährt nicht, daß ich gesungen habe.“

„Er wird es auch nicht erfahren“, sagte Labin, „aber Ordnung muß sein.“ Der Einbruch in die Villa war somit aufgeklärt, immerhin ein kleiner Erfolg der Vernehmung.

„Mimmi wird nicht schlecht wütend sein, wenn sie den Mantel wieder rausrücken muß“, jammerte Edouard.

„Schenken Sie ihr einen neuen“, meinte Nicole.

„Woher das Geld nehmen?“

„Wie wär’s, wenn Sie mal ordentliche Arbeit leisten würden? Und dann muß es ja nicht Nerz oder Persianer sein oder gar Leopard, ein Kaninchen tut's auch", sagte Inspektor Labin trocken.

Edouard spuckte verächtlich aus. „Wegen Mimmi arbeiten, nee!" Er las das Protokoll aufmerksam durch; es war zu seiner Zufriedenheit abgefaßt. Es ließ den Schluß zu, man sei von dritter Seite auf den Mantel aufmerksam gemacht worden und er habe bei der Vernehmung unter Druck gestanden. Dies schützte Edouard Mangin zwar nicht vor Strafe wegen Hehlerei, aber vor Fiffis Rache.

Als Inspektor Labin Bericht erstattete, meinte Kriminalrat Angelot: „Sie werden sicher auch den Fall Bertelot aufklären." Das war eine unausgesprochene Aufforderung, in den Bemühungen nicht nachzulassen.

Das war leicht gesagt. Überall fehlte der Zusammenhang, und es war einfach nicht möglich, Stein um Stein zusammenzufügen und ein Bild zu gewinnen. Immer wieder besprach sich Labin mit Nicole, und gemeinsam überlegten sie: Welchen Weg hatten die Felle genommen? Waren sie verschifft worden? Hatte man sie über die Grenze nach Belgien gebracht und weiter ...? Aber wohin? Waren sie im Land geblieben und hier verarbeitet worden? Dies freilich schien nicht gut möglich zu sein. Welche Firma würde sie ohne weiteres ankaufen? Die Ermittlungen liefen noch immer, aber sie ergaben nichts Neues.

Was Nicole auch überlegte, es führte nicht weiter. Ärgerlich klappte sie die Akte zu. Morgen war ja auch noch ein Tag. Der Zufall hatte geholfen, den Einbruch in die Villa von Neuilly aufzuklären, vielleicht half er auch eines Tages im Falle Bertelot? Inspektor Labin gab nicht viel auf den Zufall, sondern meinte, es sei nur Ermittlungen zu danken, wenn man weiterkomme.

Nicole legte die Akte „Somalileoparden" in ein Schreibtischfach und schloß es ab. Sie schob auch die Fenster zu, weil es zu regnen begann. Labin war schon vor geraumer Zeit weggegangen.

An der Omnibushaltestelle stauten sich die Menschen. Offensichtlich war schon länger kein Wagen mehr gekommen. In der Menge der Wartenden entdeckte Nicole ihren Chef. Sie hielt kurz an und rief ihm zu, daß sie ihn mitnehmen wolle. Er arbeitete sich aus dem zusammengeballten Menschenknäuel und zwängte sich neben Nicole, die ihm die Wagentür aufgemacht hatte.

„Da muß etwas passiert sein", sagte der Inspektor. „Ich warte schon über eine halbe Stunde. Gerade wollte ich die Metro nehmen. Das wäre überhaupt besser, aber ich fahre nicht gern unter der Erde. Nun müssen Sie meinetwegen einen großen Umweg machen!"

„Das tue ich gern, Chef", sagte sie.

„Darf ich rauchen?"

„Natürlich!" Er zog ein altes Etui aus der Tasche – es war an den Ecken schon ganz abgestoßen – und nahm eine Zigarre heraus. Gemächlich biß er die Spitze ab und spuckte sie aus dem Wagenfenster. „Nein, ich rauche doch nicht", entschloß er sich. „Es ist Ihnen sicher nicht angenehm, Ange."

Nicole fuhr zügig und bog am Boulevard Lefèvre links ein. Sie mußte auf dem Rückweg nur auf den Außenring gelangen, dann fand sie sich gut zurecht. Onkel Jules hatte ihr schon früher eingebläut, daß man sich in der Stadt auskennen müsse, in der man arbeitet. Sie studierte deshalb auch immer wieder den Stadtplan und prägte sich jede Veränderung ein.

Sie sprachen beide nicht mehr über den Fall Bertelot, aber sie dachten daran. Endlich sagte Nicole: „Allmählich regt es mich auf, daß wir keinen Schritt vorankommen."

„Es ist zum Auf-die-Bäume-klettern! So hoffnungslos bin ich schon lange nicht mehr bei einer Sache gewesen. Morgen sprechen wir noch einmal ganz genau durch, was wir unternehmen können."

Frau Labin, die bereits vor der Haustür auf ihren Mann gewartet hatte, ging ihm durch den Vorgarten bis zum Tor entgegen. „Du bist aber spät daran, Jean", sagte sie ein wenig vorwurfsvoll.

„Der Bus ist ausgefallen. Fräulein Angelot war so liebenswürdig, mich nach Haus zu fahren."

„Oh, wie nett von Ihnen! Wollen Sie nicht einen Augenblick hereinkommen und eine Erfrischung zu sich nehmen?" fragte sie. Nicole lehnte dankend ab. „Meine Mutter wartet auch!"

„Vielen Dank, Ange, und bis morgen", sagte Inspektor Labin.

Ein Brief und seine Folgen

Drucksachen, fast nichts als Drucksachen mit Angeboten aller Art, stellte Nicole fest, als sie ihre Post durchsah. Das meiste warf sie nach einem kurzen Blick sofort in den Papierkorb. Da war eine Postkarte von Reginald, der seine Ferien in Irland verbrachte, und hier ein Brief von Lady Clivia. Nicole überflog die ersten Zeilen ziemlich schnell. Plötzlich begann sie vergnügt vor sich hin zu pfeifen. Das war ja interessant! Sie ging zum Telephon und wählte mit schwungvoller Handbewegung eine bestimmte Nummer. „Hallo, Onkel Jules, ich bin's, Nicole!"

„Oh, hallo, was gibt es Dringendes?"

„Du wirst es nicht glauben, Onkel, aber ich muß dienstlich noch einmal nach London."

„Langsam, langsam! Wie soll ich eine solche Ausgabe verantworten? Du weißt, die Belege über unsere Ausgaben werden sozusagen mit der Lupe geprüft. Erscheint ein Posten zu hoch oder unnötig, gibt's einen Verweis von der Verwaltung."

„Aber ..."

„Und das heißt gleichzeitig, daß das Präsidium es dann aus der eigenen Kasse zahlen muß. Nur begründeter Verdacht rechtfertigt so eine Reise, nicht aber eigene Initiative, so lobenswert sie auch sein mag."

„Es ist doch erwiesen ..."

„Nichts ist erwiesen. Du nimmst zwar an, daß zwischen ..."

Jetzt unterbrach Nicole ihren Onkel. „Ich mache dir einen Vorschlag, Onkel Jules: Kommt nichts dabei heraus, trage ich meine Unkosten selbst, erreiche ich etwas, kriegst du eine gesalzene Abrechnung von mir. Was sagst du dazu?"

„Ich sollte dich eigentlich beim Wort nehmen! Willst du mir nicht endlich verraten, was dich schon wieder nach London zieht? Ist's am Ende nicht doch eher Reginald Warren als dieser Leopardenfell-Fall?"

„Wie kann der Chef des Ermittlungsdienstes nur so danebenkombinieren?" lachte Nicole. Jetzt endlich las sie ihm den Brief vor.

„Das ist natürlich etwas anderes", sagte Herr Angelot. „Das könnte unter Umständen ein Ansatzpunkt sein. Wann wollt ihr fliegen, Labin und du?"

„Soll er denn mit?"

„Ich kann ihn nicht gut übergehen. Kommt morgen zu einer Besprechung zu mir."

„Gute Nacht, Onkel Jules! Entschuldige die Störung." Nicole legte auf. Sie war zwar ein wenig enttäuscht, weil der Inspektor mit nach London sollte, trotzdem freute sie sich, eine Spur gefunden zu haben. Sie ging im Zimmer hin und her und pfiff.

„Hör doch endlich auf und setz dich hin! Du machst einen ja ganz nervös!" sagte ihre Mutter.

„Irgend etwas muß ich zu meiner Entspannung tun. Es ist zum Auf-dem-Kopf-stehen! Vielleicht bin ich schon ganz nahe dran, nun wirklich auf dem Kopf zu stehen!" Sie führte ihre Worte aus und machte mit

Schwung zuerst einen Handstand und senkte dann langsam die Arme, bis sie tatsächlich auf dem Kopf stand. Nicole hatte lange geübt, bis sie diese Yoga-Position einigermaßen beherrschte.

„Unsinn!“ schalt ihre Mutter. „Das kann doch nicht gesund sein! Steh auf, das Blut schießt dir ins Gehirn! Was ist überhaupt los?“ Nicole legte drei Finger auf den Mund und erwiderte: „Erste Pflicht eines Kriminalbeamten ist absolute Verschwiegenheit Außenstehenden gegenüber!“

„Dummes Zeug!“ Ärgerlich ging Frau Angelot in die Küche.

Inspektor Labin schien sich gründlich verspätet zu haben. Es war fast elf Uhr, und noch immer keine Spur von ihm. Im großen und ganzen war er sehr pünktlich. Es mußte sich schon etwas Ungewöhnliches ereignet haben, wenn er um so viel zu spät kam. Meistens rief er in solchen Fällen von unterwegs aus kurz an.

Nicole sah noch einmal auf die Uhr. Onkel Jules hatte schon einige Male nach dem Inspektor gefragt. Zuletzt rief Nicole bei Frau Labin an, aber niemand meldete sich. Kurz vor zwölf kam dann ein Anruf aus dem Krankenhaus von Vanves. „Hier Dr. Roger! Spreche ich mit Fräulein Angelot?“

„Ja, am Apparat!“

„Inspektor Labin hatte einen Unfall.“

„Um Himmelswillen, was ist denn passiert?“

„Er ist auf einer Bananenschale ausgerutscht und hat sich das Bein gebrochen.“

„Ist es schlimm?“ fragte sie.

„Nein, ein glatter Bruch! Sobald er einen Gehgips bekommen hat, kann er nach Hause entlassen werden.“

Nicole verständigte sofort ihren Onkel. Er sprach aus, was sie unwillkürlich bei dem Anruf von Dr. Roger gedacht hatte: „Nun kannst du allein reisen. Sobald sich dein Verdacht bestätigt, wirst du selbstverständlich Scotland Yard einschalten.“

Nicole wußte, daß sie ohne die englische Kriminalpolizei gar nichts unternehmen konnte; dieser Fall würde aber trotzdem der erste sein, den sie allein zu Ende führte.

Nicole flog mit der Frühmaschine. Diesmal wurde sie nicht erwartet, denn Reginald war noch in Irland. Sie nahm sich ein Hotelzimmer und rief von hier aus Lady Clivia an.

„Oh, meine Liebe, wie gut, daß Sie so schnell gekommen sind“, rief Lady Brestwick sichtlich erleichtert. „Ich bin ziemlich in der Klemme und weiß nicht, wie ich da herauskommen soll!“

„Im schlimmsten Fall müssen wir offen mit Baxter sprechen. Soll ich zu Ihnen kommen, Lady Clivia?“

„Es ist besser, wenn ich Sie im Hotel abhole. Also, bis gleich!“ Es dauerte immerhin eine gute Stunde, bis sie kam. Nicole begann schon ungeduldig zu werden. Dafür war Lady Brestwick dann aber auch großartig zurechtgemacht.

„Baxter hat dieser Tage angerufen“, begann sie sofort nach der Begrüßung zu erzählen. „Er habe Leopardenfelle von einmaliger Schönheit auftreiben können, Somalileoparden. Ich solle sie unbedingt einmal ansehen, er wisse nicht, ob er jemals wieder eine so auserlesene Kollektion beschaffen könne. Und wenn Sie aus irgendeinem Grunde an dem Kauf dieses Mantels nicht mehr interessiert seien, möge doch wenigstens ich diese einmalige Gelegenheit nicht vorübergehen lassen. Ich gebe gern zu“, fuhr Lady Brestwick fort, „daß die

Beschäftigung mit Leopardenfellen – wenn auch aus anderem Anlaß – mich sehr für diese Kostbarkeit eingenommen hat, und ich hatte mich schon so halb und halb entschlossen, einen Somalimantel zu kaufen, wenn ...“

„Wenn klar erwiesen wäre, daß keine gestohlenen Felle bei seiner Herstellung verwendet wurden“, fiel Nicole lachend ein.

„Selbstverständlich, und ich dachte auch daran, daß die Königin ihren Mantel nicht mehr trägt. Das sagte ich Baxter. Die Königin werde ihn sicher eines Tages wieder anziehen, meinte er. Man könne die einzigartigen Felle doch nicht verkommen lassen. Es ließe sich auf jeden Fall ein Mantel daraus arbeiten.“

„Darf ich dann vorschlagen, daß Sie ihn jetzt anprobieren? Mir kommt es ja nur darauf an, die Herkunft der Felle zu ermitteln. Wir sagen Baxter, ich hätte meine Absicht geändert, und ihm wird dann um so mehr daran liegen, Sie als Kundin zu gewinnen. Wann können wir den Mantel ansehen?“

„Ich habe mich für morgen verabredet.“

Am liebsten wäre Nicole sofort zu Baxter gefahren und hätte die Somalis untersucht, aber sie hatte gelernt, sich zu beherrschen und nichts zu übereilen. Keinesfalls durfte sie einen Verdacht aussprechen, der sich nicht begründen ließ. Der Gedanke, bis morgen warten zu müssen, machte sie ganz kribblig.

„Weiß Reginald, daß Sie in London sind?“

„Nein, meine Reise kam zu überraschend, und ich

fand keine Zeit mehr, ihn zu benachrichtigen. Außerdem möchte ich nicht, daß er meinetwegen vorzeitig aus dem Urlaub zurückkommt."

„Er wird es sehr bedauern, meine Liebe. Reggi hält viel von Ihnen. Wie werden Sie den heutigen Abend verbringen? Leider kann ich mich Ihnen nicht widmen, ich bin eingeladen. Aber, warten Sie, vielleicht könnte ich doch noch absagen."

Nicole bat, dies nicht zu tun. Sie sei müde und würde gern früh zu Bett gehen. Nachdem Clivia sich von ihr verabschiedet hatte, entschloß sie sich, in ein Kino zu gehen. Sie geriet ausgerechnet in einen Kriminalreißer. „Gesucht wird Tom Collins", lautete der Titel. Für den Laien war die Handlung ungemein spannend, doch so wirklichkeitsfremd, daß sie lachen mußte. Der Inspektor im Film war ein Tausendsassa, der sozusagen mit der linken Hand den Fall erledigte. Natürlich mußte er zunächst eine Schlappe einstecken, damit es nicht zu schnell ging und sich die Spannung erhöhte. Dann schaffte er es jedoch auf echt amerikanische Weise; nach einem Schwinger, einem Haken und einem Schlag gegen die Kinnspitze ging Tom Collins zu Boden. Als er sich noch einmal erholte und zur Waffe greifen wollte, wurde er mit einem gutgezielten Schuß erledigt.

Von der ungeheuren Kleinarbeit der Kriminalpolizei war hier nichts zu merken, auch nichts von den vielen vergeblichen Mühen und den nüchternen Erwägungen, die allein zur Aufklärung eines Falles führen.

Nicole schlief in dieser Nacht unruhig. Sie träumte

von Tom Collins und wachte zwischendurch immer wieder auf. Plötzlich kamen ihr Zweifel. Vielleicht hatte sie doch zu sehr ihrem Gefühl nachgegeben und sich dadurch beeinflussen lassen. Als sie den Brief erhalten hatte, in dem Clivia ihr mitteilte, Baxter habe ihr Leopardenfelle von unwahrscheinlicher Schönheit angeboten, war sie überzeugt gewesen, daß die Bertelotschen Felle aufgetaucht seien. Möglicherweise hatte Oberinspektor Graham doch recht, wenn er nichts von Gefühlen hielt. Immerhin war es eine Spur, der man nachgehen mußte.

Nicole gab sich zwar Mühe, kühl und logisch zu überlegen und das Gefühl auszuschalten, aber es gelang ihr nicht immer. Mit Reginald konnte man darüber sprechen, weil er, im Gegensatz zu Graham, sie als Kriminalistin gelten ließ. Die Intuition, die gefühlsmäßige Erkenntnis, gestand Reggi ihr zu, spielte nicht selten eine entscheidende Rolle.

Nicole konnte ihre Erregung kaum unterdrücken, als sie am anderen Vormittag mit Clivia das Baxtersche Geschäft betrat. Mr. Baxter begrüßte die Damen wiederum auf das liebenswürdigste. „Der Mantel ist schon zur Anprobe bereit“, sagte er.

„Aber“, Clivia hob abwehrend die Hand. „Miss Angelot hat sich anders entschieden, und ich bin noch gar nicht entschlossen.“

„Sie sind zu nichts verpflichtet, Mylady. Ich sagte Ihnen schon, daß ich diese Felle auf jeden Fall hätte verarbeiten lassen.“

Über einem Bügel hing der Mantel, zunächst nur geheftet und natürlich nicht gefüttert. Der Rücken war nahezu schwarz, die Zeichnung einmalig schön.

Während Lady Brestwick vor dem Spiegel stand und der Kürschnermeister an ihr absteckte, sagte Mr. Baxter zu Nicole. „Es ist mir durch reinen Zufall gelungen, diesen Posten Somalis zu bekommen. Zur Zeit werden Somalis kaum gehandelt. Der Preis ist auch außerordentlich hoch."

Nicole meinte es Baxter geradezu am Gesicht ablesen zu können, wie froh er war, daß nicht mehr sie, sondern Lady Clivia Interesse für den Mantel zeigte. Bedeutete es doch, daß er gegebenenfalls Lieferant für die erste Gesellschaft Englands werden würde. Ein Ziel, das er schon so lange angestrebt und bis heute, trotz aller Bemühung, nicht erreicht hatte.

Clivia spielte ihre Rolle sehr gut. Sie zeigte sich halb und halb entschlossen, den Mantel zu nehmen, behielt sich aber die Entscheidung bis zum nächsten Tag vor. Immerhin überlegte sie, ob sie einen schwarzen Fuchskragen oder einen kurzhaarigen Pelz wählen solle.

„Auf keinen Fall einen anderen Pelz hinzunehmen. Diese Felle sind so schön, daß sie für sich allein genügen", sagte Nicole.

„Ganz meine Meinung", warf Mr. Baxter ein. „Hier muß die Achsel noch etwas angehoben werden", kritisierte er den Kürschnermeister. Auch am Sitz des Kragens hatte er etwas auszusetzen. Endlich war er zufriedengestellt.

Clivia betrachtete sich noch einmal im Spiegel. Durch den geraden Schnitt kam die Zeichnung auf dem Rükken wundervoll zur Geltung.

„Wahrhaft königlich!“ stellte Mr. Baxter fest.

„Ich muß mit Lord Brestwick sprechen“, sagte Clivia. „Ich werde ihn heute abend anrufen. Aber möchten Sie nicht auch einmal den Mantel anprobieren?“ wandte sie sich an Nicole. „Ich sehe an Ihnen, wie er fällt.“

Nur zu gern erklärte sich Nicole dazu bereit. Sie mußte unbedingt die Möglichkeit haben, sich einige Haare anzueignen.

Während Lady Brestwick mit Mr. Baxter die Wahl des Futters besprach und sich verschiedene Muster ansah, stand Nicole vor dem Spiegel. Wo konnte sie sich am besten einige der Haare nehmen? Es war hier nicht so einfach wie bei einem langhaarigen Fell, und der Kürschnermeister stand daneben und ließ kein Auge von seiner Arbeit. Wenn sie wenigstens ein Tuch gehabt hätte, das sie fallen lassen könnte, so daß er sich danach bücken mußte!

Nicole drehte sich noch einmal ganz langsam vor dem Spiegel und löste dabei unbemerkt den Verschluß ihres Armbandes, so daß es zu Boden fiel. Während der Kürschner es aufhob, zupfte sie am linken inneren Umschlag des linken Ärmels einige Haare aus. Sie mußte sie zwischen den Fingern behalten, bis sich die Möglichkeit ergab, sie sicher in ihrem Taschenkalender zu verstauen. Das erschien ihr einfach, bereitete aber doch einige Schwierigkeiten, weil Mr. Baxter es nicht mer-

ken durfte. Nicole bekam ganz steife Finger, ehe sie endlich in der Toilette des Tearooms ihre Beute in Sicherheit bringen konnte. Über eine halbe Stunde lang hatte sie Daumen und Zeigefinger fest zusammengepreßt halten müssen. Als sie an den Tisch zurückkehrte, zog Clivia ein kleines Stückchen Fell aus ihrer Handtasche und sagte verschmitzt lächelnd: „Das habe ich dem Kürschnermeister aus der Tasche gemopst!"

Einen Augenblick war Nicole sprachlos. Reginalds Kusine war doch viel klüger, als sie gedacht hatte. „Das ist ja großartig", sagte sie. „Ich habe es nur zu einigen Haaren gebracht." Sie legte das winzige Stück Leopardenfell zu den Haaren in ihr Notizbuch.

„Es ist doch erstaunlich, daß Baxter diese Felle aufgetrieben hat. Eigentlich ärgere ich mich über ‚Roger and White'. Seit Jahren bin ich dort Kundin, aber sie haben sich nicht die Mühe gemacht, mich zufriedenzustellen."

„Vielleicht haben sie es versucht. Mr. Baxter hatte eben mehr Glück! Er verdankt es, wie er sagt, nur einem Zufall. Es würde mich sehr interessieren, wie dieser Zufall zustande gekommen ist."

„Nun, ich werde ihn dafür meinen Freunden empfehlen."

Nicole verabschiedete sich bald und versprach, am folgenden Tage anzurufen.

Der Fall „Somalileoparden“ wird aufgeklärt

„Melden Sie mich bitte bei Oberinspektor Graham!“

„Sind Sie bestellt?“ fragte der Polizeibeamte.

„Nein! Sagen Sie ihm, ich möchte ihn dienstlich sprechen.“

„Dienstlich?“ wiederholte er.

„Jawohl, dienstlich! Kriminalassistentin Angelot aus Paris!“

Das machte einigermaßen Eindruck. Er stand auf, klopfte an die Tür von Grahams Zimmer und meldete auf ein griesgrämiges „Herein“, zwischen Tür und Angel: „Eine Kriminalassistentin aus Paris möchte Sie sprechen, Chef! Dienstlich, sagt sie!“

Mit einer Handbewegung gab Graham seine Zustimmung, sie zu empfangen, der Beamte trat zur Seite und sagte: „Bitte, treten Sie ein!“

Der Oberinspektor war aufgestanden und kam ihr einige Schritte entgegen. „Nehmen Sie Platz, Miss Angelot. Was führt Sie zu mir? Doch nicht etwa die Leopardenfelle?“ Ein ganz klein wenig Spott klang in seiner Stimme mit.

„Sie haben es erraten! Leider muß ich Ihre Zeit in Anspruch nehmen – dienstlich, wie Ihr Vorzimmerzerberus bereits sagte. Das heißt, ich bitte Sie um Amtshilfe.“

„Soweit ich es kann, selbstverständlich“, erwiderte Graham. „Sprechen Sie nur!“

Nicoles Blick fiel auf ein Plakat, das, gut sichtbar, an der Wand hinter seinem Schreibtisch hing. *Fassen Sie sich kurz, meine Zeit ist knapp!* stand da zu lesen.

„Ich will versuchen, mich kurz zu fassen“, sagte sie.

„Das“, Graham deutete mit dem Daumen über die Achsel, „gilt nicht für Sie. Geben Sie mir also einen Bericht von Anfang an.“

Oberinspektor Graham hörte aufmerksam zu. Seiner Miene war nicht zu entnehmen, was er dachte. Zum Schluß sagte Nicole: „Es mag sein, daß Sie recht haben und ich auf einem falschen Weg bin, trotzdem bitte ich Sie, diese Haare ins Labor zu geben und sie mit denen der gestohlenen Leopardenfelle vergleichen zu lassen.“ Sie übergab ihm die in Paris bereits untersuchten Haare, die von den verschiedenen Tieren stammten und genau sortiert waren, sowie auch die wenigen Haare, die sie heute vormittag in Baxters Geschäft sichergestellt hatte.

„Sie werden sehen, daß nichts dabei herauskommt. Baxter kann es sich nicht leisten, gestohlene Felle zu verarbeiten. Er wäre ruiniert, wenn das bekannt würde.“

„Ich weiß, daß ich ihn nicht grundlos verdächtigen darf, deshalb sollen diese Haare ja analysiert werden.“

Graham griff zum Hörer und erteilte die nötige Anweisung. „Wenn möglich, sofort!“ Er legte auf und erklärte Nicole, es werde wohl einige Zeit dauern. Vielleicht wolle sie einen Spaziergang machen, nachdem sie mit ihm eine Tasse Tee getrunken habe. „In zwei bis drei Stunden wird das Ergebnis vorliegen.“

Als Nicole nach drei Stunden zurückkehrte, lag der Untersuchungsbefund bereits auf seinem Schreibtisch, und wie sich herausstellte, hatte Graham sich inzwischen über alle einschlägigen Fragen hinsichtlich der Einführung, Versteigerung und Veredelung bis zur Verarbeitung im Kürschnereibetrieb informiert. Geradezu erstaunlich, was er alles wußte.

„Das Ergebnis der Analyse ...", er machte eine kleine Pause, die Nicole fast zum Platzen brachte, „ist leider nicht so, wie Sie es sich gedacht haben, Miss Angelot. Das heißt, das Resultat steht nicht hundertprozentig fest, weil dies nicht möglich ist!"

„Aber, Herr Oberinspektor, im Pariser Labor konnte man die Haare der einzelnen Tiere genau bestimmen!"

„Die Haare, die Sie aus Paris mitgebracht haben, stammen von rohen, die Baxterschen von veredelten, also von gegerbten Fellen."

Nicoles Hoffnung schmolz dahin wie Schnee in der Sonne. Daran hatte sie natürlich nicht gedacht. Graham schmunzelte ein wenig. Wie jung sie noch war, diese kleine Pariserin! Man sah ihr die Enttäuschung so deutlich an. Er ließ sie noch eine kleine Weile zappeln. Erst als sie sich erhob und sich mit einer Entschuldigung von ihm verabschieden wollte, sagte er: „Das Labor läßt die Möglichkeit offen, daß es sich hier doch um die gestohlenen Felle handeln könne, da gewisse Merkmale übereinstimmen."

„Damit kann man aber noch nichts anfangen?" fragte Nicole.

„Ich möchte keine Anklage darauf aufbauen, aber wir können immerhin versuchen, die Herkunft der Felle festzustellen. Natürlich muß da mit sehr viel Takt vorgegangen werden. Zuerst, schlage ich vor, sollte man Mr. Baxter befragen."

„Wird er nicht sehr aufgebracht sein? Geschäftsleute haben es nicht gern, wenn die Kriminalpolizei ins Haus kommt. Ich habe ausgesprochen schlechte Erfahrungen in dieser Hinsicht gemacht!" Sie erzählte ihm von ihrem Besuch der Modenschau im Hause Chembert.

„Baxter wird auch nicht gerade begeistert sein, aber er muß es sich gefallen lassen. Wir werden die Untersuchung so unauffällig wie möglich durchführen."

Nicole warf ihm einen kritischen Blick zu. Sicher wäre es besser, wenn sie allein hinginge. Graham schien ihre Gedanken zu erraten. „Sie meinen, man sieht mir den Polizisten auf hundert Meter Entfernung an?"

Nicole wurde rot. „Nicht gerade auf hundert Meter, aber in der Nähe schon", gab sie zu. „Man merkt, daß Sie nicht viel von der Vorliebe der Frauen für kostbare Pelze halten."

Graham lachte herzlich. Die Kriminalassistentin aus Paris fing an, ihm zu gefallen. „Ich würde mir nicht mal einen Kragen aus Kaninchenpelz kaufen", erwiderte er. „Ich gebe Ihnen einen jungen Mann mit, der wie ein Lord aussieht, gleichzeitig aber ein guter Kriminalist ist." Er beorderte per Telephon Thomas Miller in sein Büro. Nachdem er Nicole den jungen Herrn vorgestellt hatte, informierte er ihn kurz über die Sache. Der Oberinspektor hatte nicht übertrieben, *Miller* sah eher aus, als gehöre er hinter *das Steuer eines Bentley* und nicht zu der Garde von Scotland Yard.

Mr. Baxter war nicht sehr erstaunt, als Nicole in Begleitung eines *eleganten jungen Mannes* sein Geschäft betrat. Er hatte einiges anzubieten, und gewiß war auch etwas dabei, was der jungen Dame gefallen würde. Er dachte an den Lacodaseal, mit dem bis zur Taille reichenden Otterkragen. Dieser Mantel war ganz große Klasse. Er konnte ihr zwar auch noch einen Jaguarmantel zeigen, aber nach den Somalileoparden würde er ihr vielleicht nicht gefallen. Der Mantel war in der Zeichnung ein wenig unruhig. Nein, wenn sie Geschmack besaß, so würde sie den Seal vorziehen. Der kanadische Natur-Otterschalkragen brachte den Kontrast der Felle wirksam zur Geltung.

„Bitte, gedulden Sie sich einige Augenblicke. Ich muß noch eine Kundin bedienen", bat Mr. Baxter. Er hätte Nicole seiner Schwester überlassen können, aber gerade die Freundin Lady Brestwicks wollte er selbst betreuen. Angestrengt überlegte er, wo er Nicoles Begleiter schon gesehen habe. Es fiel ihm aber nicht ein.

Nicole und Miller warteten geduldig, bis Baxter Zeit für sie hatte. Sie hatten vorher abgesprochen, daß Miller die Fragen stellen und Nicole nur als Zeugin fungieren solle.

„Bitte, verfügen Sie jetzt ganz über mich", sagte Mr. Baxter, nachdem er seine Kundin ans Auto begleitet hatte. „Was darf ich Ihnen zeigen?"

„Wir möchten uns gern über die Somalileoparden mit Ihnen unterhalten", sagte Mr. Miller.

„Das ist leider nicht möglich, die sind für Lady Brestwick reserviert", erwiderte Mr. Baxter verwundert. „Sie hat ein Vorkaufsrecht."

„Sie mißverstehen uns, Mr. Baxter! Uns interessiert, woher Sie die Felle bezogen haben."

„Oh, Sie glauben, Sie könnten sie dort unter Umständen selbst beziehen? Aber das ist ganz ausgeschlossen. Ich habe sie von einem Großhändler, der keine Privatkundschaft beliefert."

„Würden Sie mir trotzdem den Namen jenes Großhändlers nennen?"

„Das ist nicht üblich, mein Herr." Baxter sagte es leicht verärgert.

„Leider muß ich darauf bestehen!“ Miller sprach in demselben verbindlichen Ton, in dem er die ganze Unterhaltung geführt hatte. Nicole bewunderte seine Selbstbeherrschung. „Bitte, verstehen Sie es nicht falsch; wir haben Sie selbstverständlich nicht im Verdacht, aber ich muß Ihnen sagen, daß die Felle aller Wahrscheinlichkeit nach aus einem Diebstahl stammen.“

„Das ist ausgeschlossen“, brauste Baxter jetzt auf. Er fand es unerhört, daß man es wagte, einen angesehenen Geschäftsmann wie den Großhändler Weston zu verdächtigen. „Wie kommen Sie dazu, derartiges zu behaupten?“

Jetzt fand es Miller an der Zeit, seinen Dienstausweis vorzuzeigen. „Miss Angelot von der Pariser Kriminalpolizei sucht diese Somalileopardenfelle, und die Analyse im Laboratorium hat ergeben, daß ...“

„Wie schrecklich!“ rief Mr. Baxter. „Es zerstört alle meine Hoffnungen. Werden Sie die Felle beschlagnahmen?“

„Vorläufig nicht! Ich muß Sie aber bitten, sie zu unserer Verfügung zu halten.“

„Was werde ich Lady Brestwick sagen? Wie bringe ich ihr bei, daß sie den Mantel nicht bekommt, weil ich gestohlene Felle verarbeitet haben soll? Nicht auszudenken!“ jammerte Baxter.

„Lady Brestwick weiß es. Sie hat mir liebenswürdigerweise geholfen“, erwiderte Nicole.

Mr. Baxter war zunächst sprachlos, dann wurde er puterrot. Bevor er jedoch seinem Zorn nachgeben konnte, erklärte Nicole: „Sie haben ja gesehen, Lady Brestwick ist ernsthaft an dem Mantel interessiert. Sind die Felle völlig legal in Ihre Hände gelangt, mag es durchaus möglich sein, daß sie ihn doch haben will. Sind sie unrechtmäßig über den Großhändler in Ihren Besitz gelangt, dann versteht es sich von selbst, daß aus dem Kauf nichts wird."

„Ich hätte niemals diese Felle gekauft, wäre Lady Brestwick nicht mit Ihnen zu mir gekommen", erregte sich Mr. Baxter. „Warum mußten Sie ausgerechnet mein Geschäft aufsuchen?"

„Sie sollten Miss Angelot dankbar sein, weil sie den Fall möglichst ohne Aufsehen erledigen will. Helfen Sie uns lieber dabei, anstatt einen Skandal heraufzubeschwören", versuchte Miller ihn zu beruhigen.

So bald verzieh es sich Baxter nicht, daß er auf diese Kriminalbeamtin hereingefallen war. Sonst konnte er eine Frau auf den ersten Blick einschätzen. Die junge Dame war allerdings erstklassig gekleidet gewesen, das hatte er sofort bemerkt, und daß sie von Lady Brestwick begleitet wurde, hatte ihm als Garantie genügt. Wäre der Ausweis nicht gewesen, so hätte er niemals geglaubt, daß das junge Paar der Kriminalpolizei angehörte. Diese modernen Tricks erschienen ihm höchst ärgerlich; früher wußte man stets, mit wem man es zu tun hatte. Miller sah aus wie ... ha, jetzt entsann er sich, wo ihm dieser Mensch schon einmal begegnet war – beim Rennen in Ascot, und zwar in nächster Nähe der königlichen Familie.

„Ich fahre mit Ihnen zu dem Großhändler Weston. Er hat mir die Felle verkauft und wird Ihnen sagen, woher er sie bezogen hat!“

Mr. Weston zeigte sich genauso erstaunt und genauso ärgerlich wie vorher Baxter, als er hörte, es solle sich bei den Fellen um gestohlene Ware handeln.

„Unmöglich“, erklärte er. „Ich habe sie direkt von meinem Kommissionär aus Afrika erhalten. Das kann ich Ihnen an Hand der Frachtpapiere beweisen. Allerdings hatte ich ursprünglich Jaguarfelle bestellt, aber dann schrieb mir mein Kommissionär, diese seien mit Somalis verwechselt worden. Ich war zunächst wütend, doch dann traf ich Mr. Baxter bei einer Versteigerung und war sehr froh, weil er sie mir abnahm.“ Das klang durchaus glaubhaft. „Bei meinem Kommissionär muß damals wohl ein ziemliches Durcheinander geherrscht haben, denn ich erhielt dazu noch einen Posten Persianerfelle, die ich gar nicht bestellt hatte.“

„Wie heißt dieser Mann?“ wollte Miller wissen.

„Amir Rescia! Soviel ich weiß, ist er Libanese. Ich arbeite allerdings erst seit kurzem mit ihm, war aber bis jetzt immer zufrieden. Die Felle, die er mir schickt, sind erstklassig.“

Miller blickte Nicole an. So wie Weston diesen Kommissionär schilderte, mußte es sich um legale Geschäfte handeln. Sicher war die Verwechslung auffallend, aber so etwas konnte vorkommen. Das Laboratorium war ja nicht in der Lage gewesen, mit letzter Sicherheit festzustellen, ob die Haare der gegerbten Felle von den gleichen Tieren stammten wie die Haare der Rohfelle. Man bemühte sich dort zwar noch darum, Gemeinsamkeiten herauszufinden, doch vorläufig blieb den Kriminalisten nichts anderes übrig, als sich mit einer Entschuldigung zurückzuziehen.

Nicole kam sich ungemein blamiert vor, vor allem als sie bemerkte, daß Thomas Miller im Begriff war, die Nachforschungen aufzugeben. Sie konnte sich ausmalen, was Oberinspektor Graham sagen und mit welcher Überlegenheit Labin sie behandeln würde. Trotzdem wurde sie das Gefühl nicht los, daß hier irgend etwas nicht stimmte. Wo war nur das Loch, durch das die Felle legal in den Handel gebracht wurden?

„Kennen Sie diesen Rescia?“ fragte sie Mr. Weston, als Miller bereits aufgestanden war und sich verabschieden wollte.

„Ich war einmal in Berbera und habe mich davon überzeugt, daß er ein äußerst geschickter Aufkäufer ist. Diese Tätigkeit ist nicht so einfach, wie man glaubt. Rescia ist vermutlich auch Teilhaber einer kanadischen Rohfellexportfirma; er bot mir einen Posten Otter und andere kanadische Felle an.“

„Die hätte er doch günstiger auf der Versteigerung in New York verkaufen können,“ warf Miller ein.

„Hier in London werden viele kanadische Felle versteigert, oft zu höheren Preisen. Ich kaufe allerdings meist direkt bei den Pelzjägern und versteigere die Ware dann hier“, entgegnete Weston. „Übrigens kommt Rescia nächste Woche nach London. Er will das Geschäft aufgeben und hat mir den Rest seiner in Belgien lagernden Bestände angeboten."

Das wirkte auf Nicole wie ein elektrischer Schlag. In Belgien? Dort hatte doch dieser Barnekow die Nerzfelle an den Mann zu bringen versucht? Wie – wenn die gestohlenen Felle dort lagerten?

„Sie können ihn dann ja selbst fragen, woher er die Leopardenfelle hat", sagte Weston.

„Das werde ich! Ich bitte Sie dringend, kein Wort über diese Sache verlauten zu lassen. Der Mann muß völlig ahnungslos sein, wenn wir ihn befragen. Sie müssen uns behilflich sein, falls Sie nicht in den Verdacht der Beihilfe und der Hehlerei geraten wollen."

Mr. Weston fuhr auf. „Wofür halten Sie mich! Ich verbitte mir derartige Beschuldigungen."

„Immerhin haben Sie gestohlene Felle an Mr. Baxter verkauft! Sie können Ihre Unschuld nur dadurch beweisen, daß Sie schweigen und Rescia nicht warnen. Entkommt er uns, dürfte es für Sie nicht einfach sein, uns von Ihrer Unkenntnis zu überzeugen."

„Gut, ich werde schweigen", erwiderte Mr. Weston. Die ganze Sache war ihm mehr als peinlich, vor allem auch Baxters wegen, der ja immerhin ein recht guter Abnehmer teurer Felle gewesen war.

„Scotland Yard liegt daran, einen Skandal zu vermeiden, der nur dem Ansehen unserer anständigen Geschäftsleute schaden würde", sagte Miller. „Hereinfallen kann jeder einmal!" Er ließ sich das genaue Datum der Ankunft Rescias geben und das Hotel nennen, in dem Weston ein Zimmer für seinen Geschäftsfreund reserviert hatte.

Als Nicole und Miller gegangen waren, seufzte Weston. „Hoffentlich hat Scotland Yard unrecht. Das wäre eine schöne Geschichte!"

„Wenn sie es nicht beweisen könnten, hätten sie nicht eingegriffen", sagte Mr. Baxter. „Der Verlust ist für mich kein Pappenstiel."

„Ich schlage Ihnen vor, wir teilen uns in den Schaden; er wird dann für keinen von uns untragbar sein." Baxter war damit einverstanden.

Amir Rescia kehrte vom Hafen in sein Büro zurück. Bei der Schiffahrtsgesellschaft hatte alles geklappt. Er hatte den letzten Posten Rohfelle nach Belgien verschifft; dort würden sie mit den noch im Freihafen liegenden an Weston geschickt werden. Dann würde er seine Zelte abbrechen, um über London nach Beirut überzusiedeln. Eigentlich schade! Er hatte so gute Geschäfte gemacht. Aber jetzt war ihm der Boden unter den Füßen doch zu heiß geworden. Er hatte heimlich Jäger angeworben, die abknallten, was ihnen vor die Gewehre kam, ohne sich um Abschußquoten und gesetzliche Bestimmungen zu kümmern. Die Verschiffung war ihm bis jetzt auch immer geglückt. Er hatte diese Felle in Ballen von Karakuls versteckt und Schmiergelder dafür gezahlt, daß man keine Stichproben machte.

Nun war aber eine Untersuchung gegen ihn eingeleitet worden; man hatte ihn beschuldigt, die Felle frisch erlegter Tiere bei Nacht und Nebel über die Grenze

geschmuggelt zu haben. Beweisen konnte man ihm nichts, aber man würde ihm scharf auf die Finger sehen, und das paßte ihm nicht.

Diese Somalier waren recht kluge Burschen; er mußte sehr vorsichtig sein, wenn er nicht noch im letzten Augenblick eine offizielle Anklage riskieren wollte. Hatte er seine Geschäfte in London zur Zufriedenheit erledigt, so würde er sich nach Beirut absetzen. Geld hatte er genug verdient und konnte in Ruhe abwarten, bis sich ein neues Geschäft ergab.

In wenigen Tagen also würde er Berbera verlassen. Rescia freute sich auf London. War er nicht der ehrenwerte Kommissionär Amir Rescia, der für den sehr ehrenwerten Pelzgroßhändler Weston gearbeitet hatte? Ungestört würde er die Freuden und Annehmlichkeiten des zivilisierten Lebens genießen können. Weston hatte ihm gewiß ein Zimmer im Savoy bestellt. Es war ein teures Hotel, aber das konnte er sich auch leisten.

Amir Rescia genoß den Flug in vollen Zügen. Vom Cocktail bis zum Sekt ließ er sich alles schmecken, was die Stewardeß anbot. Das Leben lag ohne Sorgen vor ihm, und er konnte tun, was ihm gefiel. Er besaß ein Bankkonto in London, in Beirut wartete ein Haus auf ihn, das zwischen Gärten am Hang lag. Beirut, seine schöne Heimatstadt, aus der er einst arm weggezogen war und in die er nun als vermögender Mann zurückkehren wollte. Da blieb ihm eigentlich nicht mehr viel zu wünschen übrig.

Als die Maschine auf dem Flugplatz Heathrow zur

Landung ansetzte, standen Nicole und Miller in der Nähe der Zollabfertigung. Sie wollten sich vergewissern, ob Rescia auch eintraf und ob er, wie Mr. Weston gesagt hatte, im Savoy abstieg. Immerhin bestand ja die Möglichkeit, daß Weston ihm mitgeteilt hatte, was ihn hier der Leopardenfelle wegen erwartete.

Rescia ging durch den Zoll, überließ seine Koffer einem Träger und winkte ein Taxi heran. Miller, der seinen Wagen in der Nähe geparkt hatte, fuhr mit Nicole hinter ihm her. Durch ein unauffälliges Zeichen verständigten sie im Foyer des Savoy Oberinspektor Graham, der dort saß und Zeitung las, davon, daß Rescia sich am Empfang seinen Zimmerschlüssel geben lasse.

Als Rescia im Aufzug verschwunden war, sagte Graham: „Miller, Sie kommen mit mir hinauf, und Sie, Miss Angelot, gehen inzwischen in mein Büro zurück. Warten Sie dort, bis wir kommen!"

Gleich nach dem Besuch bei Baxter und Weston hatte sie mit Paris telephoniert, und Onkel Jules hatte sie angewiesen, so lange in London zu bleiben, bis Rescia vernommen worden sei. Die Wartezeit hatte sie sich verkürzt, indem sie an Grahams elektronischer Suchkartei mitarbeitete.

Noch nie war ihr das Warten so schwergefallen wie gerade jetzt. Sie konnte verstehen, daß der Oberinspektor die erste Vernehmung allein durchführen wollte. Kam nichts dabei heraus, mußte er so diplomatisch wie möglich den Rückzug antreten.

Nicole ließ sich von Smith bereits die dritte Tasse Tee bringen. Sie wanderte im Zimmer hin und her und begann vor lauter Aufregung zu pfeifen. Hoffentlich endete die ganze Sache nicht mit einer Riesenblamage für sie. Allmählich kam auch sie beinahe zu der Auffassung Labins, daß man sich nicht so sehr auf Gefühle verlassen, sondern nur an die Tatsachen halten solle.

Graham klopfte an die Tür des Zimmers 417. Als er keine Antwort erhielt, wiederholte er das Klopfen energischer und trat dann, gefolgt von Miller, rasch ein. *Rescia,* der das erste Klopfen überhört hatte, *kam* aus dem Badezimmer. In der Hand hielt er einen elektrischen Rasierapparat.

„Sie wünschen?“ fragte er erstaunt, denn er hatte angenommen, jemand vom Hotelpersonal habe geklopft.

„Oberinspektor Graham, mein Assistent Miller“, sagte Graham. „Sind Sie Mr. Amir Rescia?“

„In Person. Nehmen Sie Platz!“ Rescia legte den Rasierapparat aus der Hand und schlüpfte in sein Jackett, das er auf die Couch geworfen hatte. „Zigarette?“ Er hielt Graham sein Etui hin.

„Danke, ich rauche nicht!“ Auch Miller lehnte ab. Der Oberinspektor ließ sich Zeit. Er wußte, daß nichts so beunruhigend wirkt wie Ungewißheit.

„Die Herren wünschen?“ fragte Rescia, um eine Nuance schärfer.

„Hätten Sie die Liebenswürdigkeit, mir einige Fragen zu beantworten? Sie sind Aufkäufer von Rohfellen in Berbera?“

„Ich war es, aber ich habe meine Tätigkeit aufgegeben; ich bin im Begriff, mein Unternehmen zu liquidieren.“

„Was hat Sie dazu bewogen?“

„Ich hatte Scherereien mit den Behörden. Sie machen sich keinen Begriff von den Schwierigkeiten, denen man in Afrika ausgesetzt ist. Es ist kein Vergnügen mehr, dort zu arbeiten. Verbote, nichts als Verbote. Man gewährt uns viel zu kleine Abschußquoten; die eingeborenen Jäger stellen immer unverschämtere Forderungen und werden von Tag zu Tag unzuverlässiger."

„Auch die äthiopischen?"

Rescia atmete erleichtert auf. Das also interessierte den Oberinspektor. Vermutlich hatte man ihn von Berbera aus verständigt. Aber in England konnten sie ihm deswegen kaum etwas anhaben. Vielleicht wäre es doch klüger gewesen, wenn er es vermieden hätte, nach England zu fliegen. In Beirut würde man ihn wohl kaum belästigen, zumal er sich dort mit Hilfe seines Geldes alle Unannehmlichkeiten vom Hals schaffen konnte.

„Ich will von der ganzen Sache nichts mehr wissen. Soll Felle aufkaufen, wer will. Ich habe mein Geschäft in Berbera aufgegeben und Somalia für immer verlassen. Und auch hier löse ich meine Verbindungen. Sonst noch etwas?"

„Noch eine Kleinigkeit! Würden Sie mir sagen, woher die Leopardenfelle stammen, die Sie an die Firma Weston verkauft haben?"

„Aus Äthiopien, Herr Oberinspektor. Nicht ganz legal, gebe ich zu, aber in London kaum zu beanstanden."

Rescia tat sehr sicher, aber Graham hatte wohl bemerkt, wie seine Augenlider einen Augenblick geflattert hatten bei dem Wort „Leopardenfelle".

„Würden Sie mich bitte in mein Büro begleiten“, sagte Graham und stand auf.

„Danke für die Einladung, gelegentlich komme ich gerne.“

„Ich schlage vor, sofort!“

„Ist das eine Vorladung?“

„Zunächst nur eine Aufforderung.“

„Der ich keine Folge zu leisten brauche!“

Rede und Gegenrede waren einander rasch gefolgt. Graham befand sich im Vorteil, weil er wußte, um was es ging. Rescia, sichtlich nervöser geworden, rauchte in kurzen hastigen Zügen. Seine Finger hatten leicht gezittert, als er sich die Zigarette anzündete. „Ich werde mich bei meinem Konsul beschweren“, drohte er voller Zorn. „Zudem mache ich Sie für jeden Schaden haftbar, der mir durch diese Behinderung entsteht!“

„Ich glaube kaum, daß Ihnen aus einem kurzen Besuch bei uns geschäftliche Nachteile erwachsen werden. Erledigen wir es also so schnell wie möglich“, lächelte Graham.

Rescia beruhigte sich wieder. Mit diesem Graham wollte er schon fertig werden, und dessen Begleiter schien ihm eine ziemliche Null zu sein. Bis jetzt hatte der seinen Mund überhaupt noch nicht aufgemacht. Was ihm nicht behagte, war die Art, wie dieser sich im Zimmer umsah und sich stets einen halben Schritt hinter ihm und dem Oberinspektor hielt.

„Rufen Sie Miss Angelot!“ sagte Graham, nachdem Rescia Platz genommen hatte. „Und bringen Sie auch gleich die Gutachten vom Labor mit!“ Mit einer einladenden Geste schob er Rescia ein Päckchen Zigaretten zu.

Was sollte das nun wieder? Er kannte keine Miss Angelot. Sicher war das ein Trick dieses gutmütig grinsenden Oberinspektors. Man mußte hier auf der Hut sein.

Nicole war nicht weniger aufgeregt als der Libanese, aber sie verstand es besser, sich zu beherrschen.

„Das ist Miss Angelot.“

„Nie gesehen“, erklärte Rescia und musterte sie dreist.

„Würden Sie Miss Angelot sagen, woher die Leopardenfelle stammen!“

„Das sagte ich bereits. Aus Äthiopien!“

„So, so! Sieh mal einer an! Dabei behauptet die junge Dame, die Felle seien französischer Herkunft – genauer: sie kämen aus Paris.“

„Machen Sie keine Witze!“ erwiderte Rescia.

„Also, woher stammen die Leoparden?“

„Sie wurden in Äthiopien geschossen!“

„Möglicherweise haben Sie sogar recht, es fragt sich nur – wann!“

„Woher soll ich das wissen? Ich habe sie von Abdullah gekauft.“

„Wer ist Abdullah?“

„Ein äthiopischer Jäger, der für mich arbeitete.“

„Vermutlich einer von den Unzuverlässigen, mit denen Sie nichts mehr zu tun haben wollen!" Graham sagte es sehr gemütlich. Dann aber wurde seine Stimme schärfer: „Ach, Miss Angelot, sagen Sie uns doch, woher die Leopardenfelle stammen!"

„Sie wurden bei der Firma Bertelot in Paris gestohlen, zusammen mit vielen wertvollen Nerzen und Persianern."

„Lächerlich", stieß Rescia hervor. „Wie sollten sie da in den Besitz von Abdullah gekommen sein?"

„Genau das interessiert uns. Nun aber Schluß mit dem Frage- und Antwortspiel! Ich werde auf Grund der Untersuchungen unseres Laboratoriums beweisen, daß es sich um die in Paris gestohlenen Felle handelt." Graham nahm die Berichte zur Hand. Er stutzte, denn obenauf lag ein Zettel, den er sogleich einsteckte, nachdem er ihn gelesen hatte. „Wir legen jetzt eine Pause ein; da finden Sie Gelegenheit, alles genau zu überdenken", sagte er und stand auf. „Kommen Sie, Miss Angelot!"

Rescia trat ans Fenster. Was sollte das nun wieder bedeuten? Dann wandte er sich zurück ins Zimmer, lief hin und her, rauchte zwischendurch eine Zigarette, trommelte mit den Fingern auf den Schreibtisch. Was fiel diesem Oberinspektor eigentlich ein, ihn so lange warten zu lassen? Rescia nahm die Zeitung, die auf dem Schreibtisch lag, und versuchte zu lesen; es gelang ihm aber nicht, sich zu konzentrieren. Wenn er mit einem Absatz fertig war, wußte er nicht mehr, was darin gestanden hatte. Endlich wurde es ihm zu dumm. Er nahm seinen Hut und öffnete die Tür.

„Sie werden sich noch kurze Zeit gedulden müssen", sagte Miller, der mit zwei Beamten davorstand.

„Das ist unerhört!" rief Rescia. Wäre in diesem Augenblick nicht Graham am Ende des Ganges erschienen, hätte er einen Tobsuchtsanfall vorgetäuscht, von dem dieser Miller sich vielleicht hätte einschüchtern lassen. Der Oberinspektor schien guter Laune zu sein, denn er sagte etwas zu dieser Angelot, die ihn begleitete, und dann lachten sie beide.

„So nun wollen wir mal weitermachen", meinte Graham mit einem gemütlichen Grinsen. „Hoffentlich ist Ihnen inzwischen eingefallen, woher Sie die Leopardenfelle haben!"

Rescia gab keine Antwort.

„Diese Haare zum Beispiel gehören zu Leopard Nummer vier. Und die da sind von Nummer eins."

„Wie könnten Haare der gestohlenen Felle in Ihren Besitz gelangt sein?" fragte Rescia, nicht mehr ganz so sicher wie zuvor.

„Die einfachste Sache von der Welt. Man hat sie mit vieler Mühe aus dem Lastwagen gesammelt, in dem ihr die Ware abtransportiert habt." Das war eine massive Beschuldigung.

„Wann soll denn das gewesen sein?"

Graham sah in den Akten nach und nannte den Tag, an dem der Einbruch bei Bertelot stattgefunden hatte.

Rescia nahm seinen Taschenkalender und blätterte

darin. Triumphierend rief er: „Damals war ich in Berbera, das kann ich beweisen!"

„Wir werden es nachprüfen!" erwiderte Graham. „Nun aber wieder zu den Leopardenfellen. Es steht fest, daß sie bei Bertelot gestohlen worden sind – wie aber kamen sie in Ihre Hände, Mr. Rescia?"

„Ich habe sie von Abdullah gekauft!" wiederholte er.

„Und wie sind sie zu Abdullah gekommen?"

„Da müssen Sie eben Abdullah fragen!"

„Das werden wir tun, sofern es überhaupt einen Abdullah gibt."

„Ich verlange, den Konsul meines Landes zu sprechen", forderte Rescia.

„Wir werden ihn verständigen. Zunächst geht es aber darum, daß Sie Felle verkauft haben, die in Paris gestohlen wurden."

„Ich glaube, die Miss phantasiert!" gab Rescia zurück.

Es war ein Hin und Her. Nicole begann müde zu werden; sie bewunderte den Oberinspektor, der noch genauso frisch war wie zu Beginn, Rescia wischte sich unablässig den Schweiß von der Stirn.

Graham, der verschiedentlich auf die Uhr gesehen hatte, sprang auf, als Miller ihm meldete, er werde am Fernsprecher verlangt. „Ach, Miller, bleiben Sie doch bitte hier, und Sie, Miss Angelot, kommen mit!" Nicole konnte kaum Schritt mit dem Oberinspektor halten, so schnell eilte er den Gang entlang.

„Hoffentlich haben sie ihn erwischt", sagte er. In dem Zimmer, in das er das Gespräch hatte legen lassen, hielt man ihm bereits den Hörer entgegen. „Frankfurt", sagte der Beamte, der den Anruf entgegengenommen hatte. Graham reichte Nicole den zweiten Hörer. „Gut", sagte er. „Großartig! Vielen Dank – ich rufe zurück!"

„Das wär's also!" sagte Nicole und strahlte über das ganze Gesicht.

„Ja, das wär's!" lachte auch Graham.

„So, und jetzt packen Sie gefälligst aus, Rescia, alias Harry", sagte wenig später der Oberinspektor. Seine Gutmütigkeit war verschwunden; er war nur noch ein Beamter, der, ohne Rücksicht zu nehmen, an der Aufklärung eines Falles arbeitete.

„Ich weiß wirklich nicht, wovon Sie reden", versetzte Rescia.

„Ich kann Ihnen helfen. Kennen Sie einen gewissen Barnekow?"

„Nie gehört!" Die Antwort erfolgt eine Spur zu schnell.

„Wie Sie wollen", erwiderte Graham. „Dann bleibt die Schuld für den Einbruch an Ihnen allein hängen – haben Sie noch nie von einem Mac gehört?"

Es dauerte noch mehrere Stunden, bis Graham Rescia so weit hatte, daß er ein Geständnis ablegte und auch die Namen seiner Komplicen verriet. Er hatte keine Lust, die Schuld allein auf sich zu nehmen. Als Hehler würde er zudem wohl glimpflicher wegkommen, denn er hatte ja mit dem Einbruch tatsächlich nichts zu tun.

Nachdem Rescia abgeführt worden war, erkundigte sich Nicole, wie Graham auf den Namen „Harry“ verfallen sei und was sich eigentlich genau in Frankfurt abgespielt habe.

Der Oberinspektor zeigte ihr den Zettel, den Miller mit den Laboratoriumsberichten hereingebracht hatte. Darauf war vermerkt, in Rescias Zigarettenetui stehe die Widmung „Meinem lieben Harry von Mac“. Er habe schon am Morgen mit Frankfurt telephoniert und die deutschen Kollegen ersucht, Barnekow zu vernehmen. Dieser habe zwar geleugnet, und sogar glaubhaft, einen Amir Rescia zu kennen. Daraufhin habe er, Graham, gebeten, den Barnekow noch festzuhalten und später nochmal angerufen und den Namen Harry genannt. Barnekow habe jetzt eingestanden, daß ein gewisser Harry Hehler der Bande gewesen sei. „Mein letztes Gespräch haben Sie ja mitgehört“, schloß Graham.

„Es ist also Millers Aufmerksamkeit zu danken, daß wir auf den Namen Harry gekommen sind!“

Miller wehrte ab. Er meinte: „Jeder muß eben sein Teil zur Aufklärung des Falles beitragen.“

In Frankfurt würde man sicher bereits voller Ungeduld auf den Rückruf aus London warten.

„Sie können Barnekow verhaften“, sagte Oberinspektor Graham am Telephon. „Ja, einen gewissen Werter auch. Nach den anderen Komplizen lassen wir fahnden. Die Anträge gehen sofort hinaus. Es handelt sich da um einen Skolsky in der Schweiz und einen Lasalle in Frankreich. Stimmt, eine internationale Gesellschaft. Der Chef mit Namen Mac Ghee dürfte in den Vereinigten Staaten zu finden sein. Vielen Dank, gute Nacht!“ Dann sagte er zu Nicole: „In Frankfurt wird man einen Auslieferungsantrag stellen.“

„Zuerst wollen wir Harry und seine Freunde aber in Paris haben!“ erklärte Nicole.

„Hallo, Chef!“ sagte Nicole Angelot, als sie Onkel Jules am folgenden Morgen anrief. „Die Leopardenfelle sind gefunden, und nicht nur das!“ Sie berichtete, was sich ereignet hatte. „Was sagst du jetzt?“

„Großartig! Ich schicke einen der Inspektoren, um Rescia nach Paris überführen zu lassen. Ein Jammer, daß Labin es nicht tun kann. Das wird ihn kränken. Wann kommst du zurück?“

„Morgen, ich habe noch verschiedenes zu erledigen!“ Nicole legte befriedigt den Hörer auf. Sie hatte bewiesen, daß sie die richtige Witterung besaß, die man für ihren Beruf haben muß. Das Wort „Gefühl“ würde sie zwar niemals mehr benutzen, weil die Kollegen es nicht gelten ließen, im Grunde aber war es doch das gleiche.

Nicole begleitete Thomas Miller zu Baxter. Sie hatten die unangenehme Aufgabe, die Leopardenfelle zu beschlagnahmen. Aus ist der Traum, Lieferant der ersten Gesellschaft zu werden, dachte Baxter. Er konnte seine Enttäuschung nicht verbergen. Nicole versprach ihm jedoch, ein gutes Wort für ihn bei Lady Brestwick einzulegen. „Ich bin überzeugt, daß sie demnächst zu Ihren Kundinnen zählen wird. Sie ist sehr beeindruckt von Ihrem auserlesenen Angebot und Ihrem zuvorkommenden Kundendienst. Und daß die Somalifelle über so große Umwege in Ihren Besitz gelangten, konnten Sie ja nicht ahnen. Vielleicht verkauft Ihnen Bertelot die Felle, und Lady Brestwick nimmt den Mantel dann doch."

„Und was geschieht jetzt mit den Leoparden?"

„Die sind beschlagnahmt, aber wir lassen sie vorläufig bei Ihnen. Sie haften dafür!"

Sehr viel schlechter kam Weston weg. Er mußte seine Bücher vorlegen, und alles, was er von Rescia gekauft hatte, wurde sichergestellt. Das würde noch einen Rattenschwanz von Prozessen geben und möglicherweise seinen Ruin bedeuten.

„Wo waren Sie denn die ganze Zeit?" fragte Clivia. „Hat man Ihnen im Hotel nicht gesagt, daß ich schon einige Male angerufen habe?" Schließlich glaubte sie, ein Recht darauf zu haben, als erste Näheres zu erfahren.

„Ich komme zu Ihnen, sobald ich kann", versprach Nicole.

Clivia hörte später mit Vergnügen, wie alles abgelaufen war. Es würde Lord Brestwick und ihren Freunden sehr imponieren, daß sie mitgeholfen hatte, den Großeinbruch bei Bertelot aufzuklären.

„Der arme Mr. Baxter", sagte Nicole, eingedenk des Versprechens, das sie ihm gegeben hatte. „Er tut mir aufrichtig leid."

„Da haben Sie recht!" meinte Clivia. „Ich glaube, ich lasse mir nochmals seine Kollektion vorführen. Schließlich muß ich ihn dafür entschädigen, daß ich mit der Polizei im Spiel war." Sie nahm sich vor, ihre Freundinnen zu einer privaten Modeschau zu sich einzuladen und auf diese Weise Mr. Baxter bald einige gute Kundinnen zuzuführen.

Nicole wurde herzlich verabschiedet. Sie mußte versprechen, die Brestwicks zu besuchen, wenn sie wieder einmal nach London komme.

Oberinspektor Graham wartete schon auf Nicole. Mit verschmitztem Augenzwinkern sagte er: „Ich bringe Sie nach Heathrow hinaus. Das heißt, wenn es Ihnen recht ist? Vielleicht sieht man mir den Polizisten so sehr an, daß Sie sich genieren. In diesem Fall würde ich ‚Lord Miller' beauftragen, Sie zu begleiten."

„Die Ehre, von einem Oberinspektor Scotland Yards eskortiert zu werden, lasse ich mir nicht entgehen!"

„Auf bald!" sagte Graham, als Nicole in das Flugzeug stieg. Die kleine Pariserin hatte seine Sympathie gewonnen.

Nicole wurde von den Kollegen begeistert empfangen. Labin hatte sogar einen Blumenstrauß aus seinem Garten mitgebracht und auf ihren Schreibtisch gestellt. Sie hatte das Gefühl, man erkenne sie jetzt voll und ganz

an, und als sei es ihr gelungen, einen Teil der Vorurteile gegen eine Frau als Kriminalbeamtin zu beseitigen. Onkel Jules beglückwünschte sie vor den Kollegen für ihre vorbildliche Arbeit. Er sagte: „Gut gemacht, Fräulein Angelot! Nur weiter so!“ Als sie miteinander allein waren, sagte er: „Ich bin stolz auf dich!“

Labin brachte eine Karte aus dem Computer. „Hier haben wir Léon Lasalle, vorbestraft mit drei Jahren. Spezialität: Aufbrechen von Schlössern. Hat sich seit seiner Entlassung nichts mehr zuschulden kommen lassen. Lebt auf einem kleinen Bauernhof bei Marmande.“

„Wo ist denn das?“

„Im Tal der Gironde!“

„Ob er der Gesuchte ist?“

„Wir werden es feststellen.“ Labin ließ es sich nicht nehmen, trotz seines Gipsbeines mit einem der Inspektoren nach Marmande zu fahren. Er hielt nichts davon, die örtliche Polizei zu bemühen, die womöglich so ungeschickt vorging, daß der Bursche entwischte. Man mußte ihn überrumpeln; das war die beste Methode, um schnell ein Geständnis zu erreichen.

Er sollte recht behalten. Lasalle war so überrascht, daß er alles zugab, was ihm der Inspektor auf den Kopf zusagte, und noch einiges mehr.

Die Bande hatte nicht nur die beiden Großeinbrüche verübt, sondern auch verschiedene kleinere dazu. Die Rohfelle waren auf der Landstraße umgeladen, bei Nacht und Nebel über die belgische Grenze gebracht und mit falschen Papieren weiterversandt worden.

Der 2. Fall für Nicole

Die Spur führt nach Hongkong

Kriminalassistentin Nicole Angelot wird dem Rauschgiftdezernat zugeteilt. Als Groundhostess bei der Air France gelingt es ihr, eine Spur zu finden, die nach Ostasien führt. Sie begleitet Kommissar Grandmaire nach Hongkong.

Der 3. Fall für Nicole
ist in Vorbereitung

kibu